中华

魂

ZHONGHUA HUN

百部爱国故事丛书

毕生求是 一丝不苟

——著名科学家竺可桢

夏 琰 编著

吉林人民出版社

图书在版编目（CIP）数据

毕生求是 一丝不苟：著名科学家竺可桢／夏琰编
著．－－长春：吉林人民出版社，2011.3（2021.8 重印）
（中华魂·百部爱国故事丛书）
ISBN 978-7-206-07555-1

Ⅰ．①毕… Ⅱ．①夏… Ⅲ．①故事－中国－当代
Ⅳ．① I247.8

中国版本图书馆 CIP 数据核字 (2011) 第 032615 号

毕生求是　一丝不苟
——著名科学家竺可桢
BISHENG QIUSHI　YISI BUGOU
　　　——ZHUMING KEXUEJIA ZHUKEZHEN

编　　著：夏　琰
责任编辑：杨兴煜　　　　封面设计：孙浩瀚
制　　作：吉林人民出版社图文设计印务中心
吉林人民出版社出版 发行（长春市人民大街7548号　邮政编码：130022）
印　刷：北京一鑫印务有限责任公司
开　本：787mm×1092mm　　1/16
印　张：8　　　　字　数：64千字
标准书号：ISBN 978-7-206-07555-1
版　次：2011年3月第1版　　印　次：2021年8月第2次印刷
定　价：35.00 元

总　序

　　《中华魂》是一套故事丛书。它汇集了我国自鸦片战争以来一百八十余年间的近百位民族英雄、仁人志士、革命领袖、先进模范人物的生动感人事迹，表现了他们作为中华儿女的伟大的爱国主义精神。

　　爱国主义是人们对于"生于斯、长于斯、衣食于斯"的祖国的一种神圣感情，是人们对于自己民族的一种强烈的责任感和使命感，是感召和激励整个中华民族的一面永不褪色的旗帜。在一百多年的中国近现代史上，爱国主义一直激励着中华儿女为祖国的独立、统一、进步和繁荣而英勇奋斗。从"苟利国家生死以，岂因祸福避趋之"的林则徐，到"我自横刀向天笑，去留肝胆两昆仑"的谭嗣同；从"铁肩担道义，妙手著文章"的李大钊，到"青春换得江山壮，碧血染将天地红"的赵一曼；从"县委书记的好榜样"的焦裕禄，到"问鼎长天，扬我国威"的邓稼先……都表现出了强烈的爱国主义精神。正是由于热爱祖国的人们前仆后继地奋斗，国家和民族才得以生存，才能够在一次次历史危急关头转危为安，走向兴盛和富强，从而屹立于世界民族之林。爱国主义是鼓舞中华儿女历经忧患、跨越沧桑、百折不挠、自强不息的伟大力量，它贯穿于中华民族的整个历史，并有力地凝聚着五洲四海的中国人。

爱国主义是一个历史的范畴，在社会发展的不同阶段、不同时期有不同的具体内容。革命时期，需要我们为祖国的独立自主出生入死；建设时期，需要我们为祖国的繁荣富强增砖添瓦。在全国各族人民团结一心，开启全面建设社会主义现代化国家新征程的今天,我们要争做一名新时期的爱国者。新时期的爱国者要有强烈的民族自尊心、自豪感。民族自尊心、自豪感是任何时期、任何爱国者都必须具备的情感。民族自尊心能增强我们自立向上的恒心,民族自豪感能树立我们建设祖国的信心。要树立"祖国高于一切"的崇高信念,为了祖国和人民的利益不惜抛却个人的利益,甚至不惜牺牲个人的生命。我们要树立终身学习的理念,拓宽自己的知识面,广泛吸收新知识、新技术,完善自身的知识结构,更新学习知识的方法与理念,从思想上、知识上充分武装自己,为祖国的繁荣昌盛贡献力量。

　　爱国主义思想的继承和发扬,是关系到民族盛衰、国家兴亡的根本问题。爱国主义思想情操的形成,需要不断地培养。培养爱国主义精神的一个重要途径是向英雄人物和典范事迹学习和致敬。这套丛书的出版,对于青少年向英雄和先进人物学习,特别是对于在中小学生中进行爱国主义教育是不可多得的生动的教材。祝愿此书出版发行成功,为培养时代新人做出贡献。

胡维革

中华魂
百部爱国故事丛书

生命不息，工作不止，我能做到。

——竺可桢

目　录

中华魂 百部爱国故事丛书
ZHONGHUA HUN

1946年竺可桢在巴黎

1990 年 3 月 7日，中国首都北京一千多人隆重集会，纪念我国卓越的地理学家、气象学家竺可桢100 周年诞辰。会场上庄严、肃穆。来自首都科技界、教育界和其他各方面的人士畅所欲言，诉说着对这位已故科学家的崇敬和怀念之情。许多人眼中含着晶莹的泪花。全国政协副主席、中国科协主席钱学森首先在会上讲了话。他回顾了竺可桢一生所走过的路和他为中国科技事业做出的巨大贡献。当他讲到竺可桢是我国近代科学家、教育家的一面旗帜，气象学界、地理学界的一代宗师，献身于共产主义事业的一名忠诚战士时，全场爆发了雷鸣般的掌声。坐在主席台上的著名科学家严济慈、宋健、钱三强表情凝重，也许他们已陷入了往事的沉思之中。

为什么人们要缅怀这位离开人世已 16 载的科学家？

为什么当人们提到竺可桢这个名字时会肃然起敬？

毕生求是 一丝不苟
——著名科学家竺可桢

就让我们翻看竺可桢的历史，再听一听他的声音，再看一看他所走过的路……

滴 水 穿 石

竺可桢一生无论做什么事都是勤勤恳恳的、一丝不苟。他常用滴水穿石的精神勉励自己。说起滴水穿石，还有一段故事呢。

那一年春天，正是布谷催耕、燕子垒窝的时节，正在上小学的竺可桢因学校放农忙假，所以在家中帮父母做点事。

江南的春季是多雨的，一连十几天下个不停，让人感到有点厌倦。一天，竺可桢趴在窗台上往外看雨景。细心观察周围的事物是他的乐趣。他注视着如长线一般滴落下来的房檐水。忽然，竺可桢惊奇地发现房檐水把石板冲出了一排小窝窝。他冲着正在做针线活的母亲喊道："娘，快过来看呀，房檐水把石板穿出洞来了！"

竺可桢的母亲抬起头，看了看他，微笑着说："这叫滴水穿石哩。滴水能穿破石头，铁杵能磨成绣花针。人做事只要有恒心就一定能成功。"

听了母亲的话，竺可桢呆呆地看着那些被轻轻的水滴打出来的小洞儿，陷入了沉思之中。从那以后，无论在生活中遇到多大的困难，他都毫不退缩，想尽一切办法去克服。

竺可桢不仅认真观察周围的事物，而且在学习上非常刻苦。他特别喜欢学习数学、物理、天文、地理、生物等各种知识，像一只勤劳的蜜蜂闯到了一个百花盛开、生机盎然的大花园中贪婪地采蜜一样，不知疲倦。白天到学校上课，晚上温习功课常常熬到深夜。家里人都劝他早点休息，可他总是说："不累，让我再学一会儿。"

一分耕耘一分收获，竺可桢是学校里成绩最好的学生。老师们都喜欢他，同学们也愿意和他交朋友。

在学习上，他是一个优秀的学生；在对待生活上，他又是一个喜欢帮助弱者的人。今天，在他的故乡浙江省上虞县（今上虞市），还流传着他少年时期救助穷人的故事。

"我替他还债"

有一年冬天，学校里放寒假了。竺可桢就在家里一边复习功课一边帮助父亲做点力所能及的活儿。那时候，他的一家是靠一个米铺子生活的。由于清朝末

年政府腐败，加上外国入侵，使得老百姓的日子非常
艰难。竺可桢家也是这样，生意一天比一天冷清。

一天，竺可桢的同桌划了一只小乌篷船找他去捉
鸟。本来他是想利用假期多为家里做些事，以减轻父
母的负担，可捉鸟对于他来说太有吸引力了，于是，
他高高兴兴地跳上船。

水乡的冬天处处是碧绿的菜田、青青的竹子，只
有徐徐吹来的凉风让人略感寒意。竺可桢和他的小伙
伴有说有笑地划着船。船儿漂漂荡荡地出了竺可桢家
住的东关镇，过了一村又一村，眼看前面就到了他们
去捉鸟的地方了。

忽然，岸边传来了争吵的声音。两个人顺声一看，
只见在离他们不远的大堤上有两个人，一个衣衫褴褛

的穷人，年纪约有三十五六岁。另一个胖胖的，穿着一件很时髦的缎子长袍的富人。听不清两个人在争辩什么。过了一会儿，那个穷人竟跪在了地上，冲着富人又磕头又作揖，苦苦地哀求着。那个富人哪管这些，他一边高声怒骂着一边抬起一脚踹了过去，只听扑通一声，那个穷人被踢下了河。

"救命啊，救命啊"！穷人在冰冷的河水中挣扎着、呼喊着。见此情景，竺可桢二话没说操起小木桨拼命地向穷人划去。两个小孩使出浑身的力气把穷人拖上了船。一问才知道，原来是富人逼债。那个穷人的妻子重病在床，年迈的老母亲和两个孩子忍受着饥饿、寒冷。一家五口人已经到了山穷水尽的境地，哪还有钱去还债啊！竺可桢听完这个被生活所迫、走

投无路的穷人的诉说，愤怒地跳上岸与那个富人讲理。

他指着富人大声问："你这个人怎么这样不讲道理？"

"你是谁，少管闲事"。那个富人瞟了一眼竺可桢，反问道。

"这件事我管定了"！竺可桢毫不示弱地说。

那富人一听，轻蔑地冷笑了一下，哼了一声说："小毛孩子，一边待一会儿吧，他欠了我一斗米，你能替他还？"

"我替他还，又怎么样"？

"瞎吹牛，一个小伢子，你拿什么还"？

"那你管不着"。竺可桢答道。

"要是你还了，我跟他家就没事了"。那富人根本不相信在这个年月自己顾自己都艰难，还有替别人还债的傻瓜。

"跟我走！"竺可桢说完这句话噌地跳上船，对同桌说："往回划！"

船上的穷人见这个素不相识的小男孩如此认真，忙劝道："小兄弟，你的好意我心领了，债还是由我自己再想办法吧。你赶快回家，千万别惹这些人。"

竺可桢郑重地说："大叔。你不要怕他。"说完，让那个富人上船。

小船儿以最快的速度划向竺可桢家的米行。虽然，竺可桢非常清楚自家的生意也非常不好，可眼下顾不了那么多了。

船刚一靠岸，他就直奔娘的房间。善良贤惠的母亲听说一斗米可救活一家五口人，直夸竺可桢做得对，忙让米行的人量了一斗米给那个凶残的、没有一点儿同情心的胖富人，并给那个浑身湿透的穷人一些米，安慰他的老母亲、病弱的妻子和饥饿的孩子。

竺可桢就是这样无私地帮助他人。

"做一个有志气的人"

少年时期的竺可桢耳闻目睹了中华民族的贫穷、落后。无数仁人志士为拯救处于水深火热中的祖国抛头颅、洒热血的英勇壮举深深地激励着他。

有一次上课，老师给同学们讲杜甫的诗，当讲到："甫昔少年时，早充观国宾"时，老师停下来问道："你们说说看，什么东西最苦，什么东西最甜？"

教室里一下子乱哄哄地开了锅。大家七嘴八舌地争着回答。有的说，蜜糖最甜，药最苦。有的说，没钱最苦，家有万贯产业最甜。还有的说，种地最苦，做官最甜。竺可桢坐在那里一声不吭，他想，现在中

毕生求是 一丝不苟

1957年竺可桢在南方考察橡胶宜林地

国人最苦了，从鸦片战争以来，我们中国人受尽了欺凌。就拿前几年的《辛丑条约》来说吧，我们把白花花的四亿五千万两白银拱手送给别人，自己却过着牛马不如的生活。正想着，忽然竺可桢听到老师让自己来回答。他从座位上站起来，非常郑重地说："老师，我认为丧权辱国最苦，振兴中华最甜。"老师惊喜地看着竺可桢夸赞道："你回答得非常精彩。"

就这样，竺可桢从少年时期起便发愤读书，立志走科学振兴祖国之路。

1909年春天，19岁的竺可桢抱着科技救国的美好愿望，来到了离家有几千里之遥的北方小城唐山。他考入了由英国人创办的唐山路矿学堂。为什么竺可桢要选择这所学校来上学呢？因为那个时候的唐山路矿学堂主要讲授自然科学知识，而且全部课程由英国人用英文来讲。竺可桢多么渴望能利用这个机会提高自己的英文水平，同时又向外国人直接学习先进的科学技术啊！他在自己的日记中写道："我要做一个有志气的人。"

可天不遂人愿。这里的老师非常傲慢，看不起中国学生。他们认为中国人是天生是奴隶，所以在课堂上让同学回答问题时从不叫中国学生的名字，而是叫他们的学号，好像这些学生都是试验室中的试验品一般。同学们对此都有意见，可为了读书又有什么办法呢？竺可桢对此也特别反感，他心想，当老师这样喊我时，我一定让他难看一下。

一天，碧眼棕发的老师在黑板上出了一道题请同学回答。他喊道："227号！"这恰好是竺可桢的学号。只见他坐在那里纹丝不动，仿佛没听到似的。

"227号！"老师有点生气，嗓门提高了八度，眼睛紧盯着讲台下同学们的座位，嘴角略微有点抽动，上身稍向前倾着，双手按在讲台上。

教室里鸦雀无声，静悄悄地。一种压抑的气氛笼罩着。大家神色紧张，屏住了呼吸。竺可桢附近的同学斜眼看着他，示意他快点说话。"227号！"当这位被

1956年竺可桢家庭照

怒火燃烧着的英国教员喊第三次时，已浑身颤抖，暴跳如雷了。他多么想冲到台下，揪住竺可桢瘦小的身躯，给他一个耳光，然后再问问他为什么不吭声。可碍于自己的身份，他不能那样做。他的眼睛停在竺可桢的脸上，嘴里下意识地用软绵绵的口气叫了第四次"227号"，听那声音似乎是在乞求。

竺可桢大大方方地站了起来，然后准确、流利地回答了老师刚才提出的问题。最后，他非常有礼貌地用英语说："对不起，老师，我以前和您谈过不叫同学的名字而只叫学号是不礼貌的。请您尊重我们中国人的人格。"说完，非常和气地坐下来。那位英国教员什么也没有说，转过身去在黑板上写字，继续上课，可

竺可桢塑像

是语气比以前谦逊多了。

同学们的心终于落了地，许多同学忙用衣袖擦了擦额头的汗。有的冲着竺可桢伸了伸大拇指，意思是说，你做得真棒，可替咱们中国人争了口气。一时之间，竺可桢在课堂上理直气壮反驳英国老师的事在学校里传扬开来，人们都对这个浙江青年产生了敬佩之情。

后来，学校里又发生了几起学生为改善学习条件同校方做斗争的事儿。这些事情使竺可桢想了许多。为什么中国人总是受到歧视和欺侮？自己怎样做才能帮助我们中华民族改变厄运？

他找到了答案，那就是用外国先进的技术建设中国。他更加坚定了少年时期的志向，决定到国外去深造。

1910年，竺可桢去了美国。在那里，他把气象学作为自己的主攻方向，因为他深知中国还没有自己的气象观测机构，我们的天气变化情况是由外国人通过他们建在我们领土上的气象预测机构来报告的。他决心要改变这个旧面貌。

北极阁气象研究所

1928年春，南京北极阁气象研究所及气象台，经多年的筹划终于草创出来，虽然尚不完善，但中国有了第一个气象研究所和气象台，作为气象事业发展的基地。

面对新建立起来的气象台，竺可桢感慨万千，心中荡起一朵朵浪花。

1918年，他从美国哈佛大学研究院地理系毕业，发表了一篇关于中国台风问题的论文，获得了博士学位。这一年，他抱着一腔科学救国的夙愿，横渡太平洋，回到阔别八年的祖国。

作为一名留学生，又有博士学位，回国后谋个高官厚禄并不是一件难事，可他没有选择升官发财的道路，而是选择了献身祖国科学事业，振兴祖国气象事业的荆棘丛生的道路，为之坚持不懈地奋斗。

他归国后，着手进行调查研究，现实比他预想的还要严酷十倍、百倍，祖国气象科学的处女地比他预想的还要荒芜、凄凉，从调查的情况，不由令人吃惊和痛心：

在中国960万平方千米的土地上，属于中国人自己掌管的气象台竟没有一座，沿江、沿海及岛屿上所设立的几十个海关气象观测所都是外国人开办的，是为他们侵略、掠夺中国服务的。全国四万万人，可从事气象工作的人员却凤毛麟角。尽管中国气候极其复杂、多变，大有观测研究的价值，可却没专门的气象科研机构。

美国的面积比中国小，气象台竟有二百多座。

与中国一衣带水的邻国日本，面积只是中国的二十五分之一，而气象台却有56座，同时对中国的东

竺可桢国际教育大楼

北、天津、南京、杭州、台南等地气象也进行观测，令人愤怒的是他们把这些地方的气候情况和日本的神户、大阪列在一起，充分暴露了他们侵略中国的狼子野心。

中国是一个有五千年文明历史的国家，从公元前14世纪，殷墟出土的甲骨文中就已多次出现风、雨、雪、雹，霰、雾、霾、虹、霓、雷、电、霜、霁等字样。在西周还编纂了大量关于气象方面的诗歌。从秦汉以来，方志中有关气象的记载随处可见。到了清朝末期，由于政府腐败无能，气象科学远远落后于西方各国。从20世纪20年代起，我国的爱国人士和科学工作者就多次主张建立中国的气象台或观测所，并要求全部收回外国在中国所建立的气象单位的管辖权，但都未能够实现。

20世纪初，世界气象科学已达到风云可测，预知刮风下雨的程度，可在中国竟出现祈神求雨的荒唐的事情。有一年，湖南省久旱无雨，土地龟裂，禾苗枯黄。昏庸的地方官，亲自导演了一场求雨的闹剧，让人把两个泥菩萨从城外的庙宇中抬出，在一路吹吹打打的鼓乐声中抬到长沙市，供在玉泉山上，焚香叩拜，乞求菩萨显灵降雨，结果老百姓白花了冤枉钱，落下的只是哭泣的眼泪，而没有一滴雨。地方官不甘心，又从药店借来了老虎的骨头，用绳子系好投进城外的深潭之中，让潭中的龙王与猛虎相斗，龙王必然兴云布雨，不知是龙王没在宫中，还是不抵猛虎躲了起来，天根本没下雨。地方官又使出了最后的一着，把管下雨的龙王的泥像十分虔诚地供在玉泉山上，大概许愿的银子太少，龙王没有买账，不肯降一滴雨，干旱依然笼罩着三湘大地。

如果这种愚昧行为继续下去，真是中国的悲哀。

1927年，竺可桢应蔡元培、杨铨（杏佛）的邀请，出任中央研究院观象台筹备处常务筹备员。不久，又先后担任气象研究所筹备主任、气象研究所专任研究员兼所长等职务，开始了为中国现代气象事业的奠基工作。

中央研究院观象台主要承担气象、天文、地震和地磁四项业务。

竺可桢到任后，与筹备处另一名常委筹备员高鲁分头着手筹备，聘任全文晟、沈孝凰、刘治华三人为职员，在东南大学花园的一块空地上，临时安装了测候仪器，从1928年元旦零时开始，对南京地区每小时一次连续进行气象观测，次次作记录，使中国现代气象事业冲出起跑线，踏上漫漫的征程。

"孝凰，在这里工作还习惯吧"？竺可桢对原是东南大学的学生、现为观测台职员沈孝凰关心地问道。

"还好，竺老师，我们在这里搞气象观测，总有些不便，是不是找一个固定的地方，建一个永久性的测候所？"

"是啊！我也早有此意，你说测候所建在什么地方好？"

"什么地方我没想好，但选择的地方一定要地势开阔，环境优美，对今后发展有利的地方。"

"孝凰，你看离此不远的北极阁怎么样？"

"不错，是个适合建所的地方，听说南京自来水厂打算建在那里，能给我们吗？"

"我在东南大学教书时，就相中了这个地方，曾写过《本校急应在北极阁上建筑气象台的意见书》，只是当时缺少人员和经费，未能付诸实现，现在条件好些，我们可以努力争取一下。"

北极阁也叫钦天山，在当时南京的城边上，是一座海拔67米的小山冈，登上山顶，北瞰玄武湖，南眺市区，山冈平坦，视线开阔，是建气象观测台的理想之处。在南北朝时，南朝刘宋政权，就曾在钦天山设有司天台；元明两代也曾在这里设观象台，清康熙时把观测仪器移到北京，观象台从此便荒废了。此时，北极阁道观虽然存在，但已是断壁残垣，门窗破旧，荆棘满山，早已断了香客和游人。

竺可桢为建设北极阁气象基地，四处奔波，八方求助，用了整整一年的时间总算如愿以偿。

通过大学院函请政府把钦天山划归为建设气象所用地；

根据地形、地貌初步拟出建设计划；

筹集了一点少得可怜的建设资金；

为旧道观仅有的一名老道士安排了生活，经过交涉迁走了住在此处的一批俘虏兵。

接着，便开始了北极阁气象所的修建工作。

所址建在山顶，必须打通道路，买了几千块旧城砖，砌了一条数百级阶梯山道；

修了一道碎石盘山公路，山顶上建了一个圆形停

车场；

建起气象所的房屋，按照观测台和地震仪室的特殊要求进行建设，修建图书楼。

在半山腰上，安装了电动压水机，解决了山上气象所的用水问题。

他亲自带领所里的同事，不停地植树栽花，绿化、美化着这里的环境。

竺可桢在筹建北极阁气象所的过程中，遇到的最大困难是经费问题，不但经费数量有限，而且常常拖欠。他尽量压缩行政事务的开支，把有限的资金多用于购买现代化气象设备和图书、刊物上，以利于刚刚起步的中国气象事业。

1929 年，气象所正式坐落北极阁，随之国立中央研究院（现中国科学院南京分院）的总干事处和各研究所也集中在钦天山周围，形成了中国气象工作的中心基地。

有了气象基地、设备和人员，雄心勃勃的竺可桢，便着手拓展气象业务，在原来进行地面气象观测的基础上，高空气象观测、天气预报、气象广播、物候、日射、空中电气、微尘及地震等观测业务和研究工作相继上马。从 1930 年开始，先后在南京、北平等地开展了测风气球、探空气球、飞机探测和气象风筝等项业务。令人惊喜的是 1936 年 3 月 16 日下午在北极阁施放的高达 17714 米的探空气球，获得了东南亚诸国第一次进入平流层的压、温、湿气象资料，填补了中国气象工作的空白。此后，相继在各地建立了许多气象观测所，培训了大批气象工作人才，统一了规章制度，派出人员出去学习和考察，开展了科学研究工作，出版了专业刊物，竺可桢和他的同事科研成果累累，打破了中国人不可能从事气象工作的局面，独立自主地开创了我国气象工作的新纪元。

不可弯曲的民族脊梁

1937 年 3 月末。南京城已是一派江南春色，樱花落英，碧桃乍放，丁香摇紫，白杨吐绿，流莺正啼，燕子初来。

在珞伽路竺家寓所。

竺可桢与同事蕴明一边喝着清茶，一边谈着拉萨气象测候所的事情。

"王廷璋一个人在拉萨已很长时间了，那里环境很差，应该及早换回来才是"。

"秦化行随同护送九世班禅入藏的专使去拉萨，不知到没到"？

浙江竺可桢纪念馆一角

"路途遥远，尚没有消息，看来是没有到达"。

"这事为何不问我，我就是为这件事来的"。一个被家人刚领进屋门的人快言快语地说道。

"哎呀！近之怎么是你，稀客稀客，快进屋坐下来说"。

原来来人叫徐近之，是中央大学地理系教师，曾以资源委员会青藏调查员的身份去西藏。临行前，竺可桢请他协助气象研究所在西藏建立一个测候所，徐近之果然不负所托，与王廷璋历尽艰辛，在拉萨建起了测候所。徐近之因还有调查任务，留下王廷璋一人离开了拉萨，几经辗转回南京后，便来看竺可桢。

"近之，多亏你的帮助，才在拉萨建起了测候所，使我国在西藏高原有了自己的测候点，这是你和廷璋的功劳啊"！

"不要这样说，若说有功劳，还是藕舫兄的努力，我只不过是协助一下算不得什么"？

"近之，你刚刚从成都回来，不知可有秦化行的消息"？

"我来这里，一是来看看你，二是告诉你秦化行入藏的情况，他随九世班禅一行，到了玉树时，被英国和噶厦阻挠，久未成行，现仍在玉树逗留，一时难以入藏。""秦化行入不了藏，就换不了王廷璋，可苦了王廷璋了。"

"英国不让九世班禅入藏这是对别国内政的粗暴干涉，真是气人哪！"

徐近之从包中掏出一些雪莲草虫、黄耳等康、藏特产送给竺可桢。竺可桢从不收别人礼物，感到老朋友千里带来，却之有些不近人情，无奈只好勉强收下。

"近之，过几天召开全国第三届气象会议，请您届时光临，讲讲建立世界屋脊气象测候所的情况。"

"好，到时我一定参加。"

上海徐家汇观象台是在我国境内由外国人设置的影响最大的包括有气象工作的机构。从1872年创立以来，一直为西方列国航运效劳。从1914年起，他们在顾家宅设立无线电台，收集我国各地气象情报、公开广播天气预报和台风警报等活动，并俨然以中国气象中心自居，严重地侵犯了我国的主权和利益。

对于外国人操纵中国气象预报的问题，竺可桢等我

国气象界有识之士，决心改变这种主权被外国人侵犯的局面，在中国第一、第二两届气象年会上，都做出把海关测候所收回自办的决议，都因为政府软弱无能，使决议不能实现。

为了我国主权，改变外国霸占中国气象领域的现状，多年来，竺可桢和他同行们做着不懈地努力。

1930年3月，竺可桢呈请国立中央研究院（现中国科学院南京分院）函请交通部取缔上海徐家汇顾家宅电台。

1931年春，竺可桢与国际电讯局商定：利用上海

海岸无线电台由中国自己广播气象，同时考虑在全国各无线电台内附设测候所，对当地气象自测自报，对顾家电台取而代之，并让其无话可说。虽然是着好棋，可由于当局支持不力，只是利用上海海岸无线电台由中国自己广播气象的一项得以实现，而在各电台内附设气候所一项遭遇难产，最后付诸东流。

1932年，在竺可桢主持的中国气象学会第二十七次理事会上通过决议，请国家财政部制止上海徐家汇观象台向我国海关索取两万两白银的无理要求。

30年代初，经竺可桢倡议，征得全国各气象单位的同意，统一了气象计量标准，即气温的单位一律用摄氏度，气压的单位一律用毫巴，不再用华氏度、毫米或英寸。这项完全符合当时国际气象会议精神的规定，却遭到了上海徐家汇观象台主持人龙相齐的反对。对竺可桢推行的分区广播的办法，龙相齐也持反对的意见。就在盛况空前的第三届全国气象会议召开四天后，徐家汇观象台派天主教司铎裴化行来访竺可桢。

裴化行来中国后，一向在北平、天津一带活动，几个月前才调到上海徐家汇观象台工作，他对历史颇有研究，曾著《利玛窦对中国科学贡献》一书，中央研究所已购买了此书，竺可桢读过此书，对裴化行已有印象。

裴化行用英语向竺可桢说道：

"你们召开气象工作会议，没有请我们徐家汇观象台参加深表遗憾。"

竺可桢听了，也用英语说道：

"召开气象工作会议，互相交流切磋一下工作和学术，本来是一件好事。但你们台的龙相齐先生一向采取不合作的态度，在六七年前我们改摄氏度制、去年改分区广播等，他都极力反对，并搞了不少拙劣的表演。对此，我们是不能容忍的，所以我们没有请你们来，请裴化行先生理解我们的做法。"

"竺可桢先生，坦诚地讲龙相齐的做法是不对的，但他并不是台长，只是在台长不在时，由他代理台里的工作，以后有事可与台长直接联系，不要因龙相齐的做法而影响彼此之间的合作。"

竺可桢知道这是裴化行在耍外交手段，徐家汇观象台在中国境内的设立，本身就是为帝国主义航运服务的，越俎代庖地充当了中国的气象中心，侵犯中国的主权，怎么能和中国气象部门很好合作呢？

竺可桢郑重地说：

"请转告你们台长和龙相齐先生，我不日将发函给他们，只要徐家汇观象台不干伤害中国利益的事，我们愿意进行平等互利的合作。"

卢沟桥事变之前，中日关系日趋紧张，在华的日本人气焰十分嚣张，总想借机挑起事端，制造他们大举侵略中国的借口。有一次，南京金陵大学的一个人，领着两个日本人来到北极阁气象台，这两个日本人摆出一副骄傲的姿态，要求在北极阁照相，又要求登台参观，竺可桢没有被他们气焰所吓倒，回答他们的只有两个字：

"不行！"

"那我们去找你们政府，不信不让我们照相，不让我们参观。"

"这里是气象台，一律谢绝照相和参观，不管谁来，这里由我负责，不行就是不行。"

"那我们买几本关于气象的书和杂志总可以吧？"

宋子文、宋庆龄、竺可桢的女友、竺可桢、宋美龄。

毕生求是 一丝不苟
——著名科学家竺可桢

"那你们快买吧！买完就离开这里，别影响我们的工作。"

两个日本人买完书，愤愤地走了。

抗战胜利后，有一天，驻华美军总部陆军少校克劳福德和美国在华的海陆空气象官佐三人，把竺可桢、赵九章、涂可望等七人找到重庆化龙桥红岩嘴美军总部，美方提出打算在中国建立一个统一的气象网，为美军提供气象报告，并提出在短期内建立一个统一的气象机构。竺可桢以统一气象机构是一回事，而组成一个全国气象情报网又是一回事，后者较易而前者一时不易实现为理由，使会谈毫无结果而散。

一计不成，又施一计。不久，由重庆的政府军委办公厅牵头召开了有行政院、航委会、农林部、交通部、军令部、中央气象局和中美合作所等机构的代表共十七八人的会议，会议由军委会办公厅副主任姚琮主持，讨论蒋介石交议的美海军上将柯克提出的在国防部内成立气象局的建议，把原属政府系统的气象局合并归国防部，并提出以程浚为局长，郑子政、黄厦干等为副局长。竺可桢顶着重重压力，据理力争道：

"上次经美国海、陆、空军之邀，开气象同人会议，当时决定气象分二系统，军用归航空委员会，民用归中央气象局，气象系统还是应军民分开，不能把原民用系统并掉，从世界各国的情况，军用系统和民用系统都是分开的，因为两者的特点和作用是截然不同的……"

会议的许多代表，都赞同竺可桢的意见，气象系统合并的事终于没有搞成。

事后，竺可桢在日记中写道："美国海军贸然推荐人员，亦失体统。"对美军干涉中国内政嗤之以鼻。

1937年，竺可桢在香港出席了远东气象会议，会议期间，港督罗富国和会长布鲁松两次设宴，中国代表均排末席。竺可桢感到这是对中国人的污辱，有损国格，便与出席会议的另两名中国代表马名海、王振祥以不再参加会议进行抗议，毅然乘船归返。

在归途中，竺可桢面对眼前滚滚的波涛，心潮难平，感到作为一个中国人，在任何时候都要挺起自己的脊梁，只有国家的强大，整个民族才能有钢铁般的腰杆。

危难中受命，任浙大校长

南京。1936年初。

这天中午，竺可桢、胡焕庸、张其昀、翁文灏（咏霓）、谢季华、冯景兰（冯友兰之弟）等在美丽川饭庄吃饭。席间，翁文灏对竺可桢说：

"藕舫，你听说了吗？现在浙江大学正在闹学潮，学生和教师联合起来搞起了驱赶校长郭任远的'驱郭'运动。"

"有所耳闻，不知详情是怎么回事？"

"郭任远原是复旦大学心理学教授，从1933年起当上了浙

1990年上海复旦大学校长苏步青（右二）教授参观竺可桢故居

大校长，这个人跟浙江省党部跟得很紧，搞独裁专制那一套，对学生采取军事管理制度，依靠军训教官和训育管理人员侦察学生活动，任意处分学生。他当了三年校长，处分了一百来名学生。轻则记过受罚，重则开除，勒令退学。他对教职员也飞扬跋扈，随便训斥，先后有五十多名教授辞职离校，从校内到校外异口同声，没有说他一声好的"。

"看来他是引起众怒了，怎么又到了被驱赶的程度呢？"

"1931年，九一八事变后，是浙大起的头，各地学生纷纷到南京请愿，要求政府抗日。1935年北平发生一二·九学生抗日示威游行，第二天浙大就见报响应，接着又串联杭州各校近万名学生冒雪举行抗日示威游行，并打算上南京请愿，郭任远按党部的旨意，由军训教员带路，军警逮捕了12名学生代表。把学生的火一下子点起来，开始罢课、闹学潮，驱赶郭任远下台。"

"事情闹到这样份上，如何了局？"

"教育部命浙大成立校务委员会，指定由教务长郑晓沧负责维持校务，准备另派校长。可蒋介石认为'此风不可长'。仍想保郭，不肯撤换校长。双方僵持一个多月，蒋亲自去浙大，看到局势难以挽回，才同意更换校长。"

"听没听说让谁去？"

"听说人选有两三个，陈布雷（委员长侍从室二处主任）打算向蒋建议由藕舫当此重任。"

"是不是搞错了，怎么是我？不行！绝对不行"！

"藕舫，不要谦虚了，堂堂美国哈佛大学博士生，这几年气象所又搞得很有建树，当个大学校长还不是绰绰有余的事。"

"不！我这个人就是适合搞点学术研究，不善于在官场上打交道的，不善于侍候部长、委员长，弄不好没几天就会被驱赶，说不定比郭任远还惨呢？"

"郭任远是咎由自取，太霸道，不民主，可桢为人谦和又正直，真的当了校长一定能做好。"胡焕庸在一旁插言道。

"肖堂，你不必捧我了，捧也是白费，我还是做气象工作吧！大学校长我不愿干也干不好。"

浙大前身是求是书院，清末由杭州知府林启创办于1897年，后曾几度易名，至1927年始称为浙江大学，从1902年浙江大学堂起到1936年已历任四任校长，想不到如今被郭任远弄成这样混乱的局面，真是令人痛心。

翁文灏在官场上朋友很多，消息灵通，果然被他说中了。没有几天，委员长侍从室人员王学素来找竺可桢，让竺可桢周五去见蒋介石。

竺可桢感到事情重大，只好去和自己一向敬如师长的蔡元培先生商量。他急急忙忙地乘车去了上海，在愚园路884号蔡先生寓所，向蔡先生说明情况后，对蔡先生征求说：

"孑民先生，学生一时拿不定主意，你看是去还是不去？"

"可桢，从种种情况看，浙大还是不去为好，但蒋先生处不能不去，礼节性地应酬一下，然后再婉言谢绝，你以为怎样？"

"先生的话，正合吾意，我先去蒋那里，到时候再来向先生请教。"

按照事先约定的时间、地点，竺可桢提前10分钟

竺可桢塑像

毕生求是　一丝不苟

——著名科学家竺可桢

来到中山门外贵族学校对面孔庸之（孔祥熙）的私邸。浙江省财政厅厅长程远帆、建设厅厅长王文柏和陈布雷、甘乃光等人均在会客室相待。

蒋介石没有准时践约。

在客厅等候之时，程远帆向竺可桢介绍了浙江省的财政情况，已是入不敷出，欠下不少债务。

竺可桢面前又多了一道阴影。

等了一个小时后，蒋介石才姗姗而来，说自己去军校训话，故此来迟。

又过了5分钟，陈布雷领竺可桢去见蒋介石，蒋以前不认识竺可桢，通过谈话，对竺可桢的印象很好，表示要他接任浙大校长，竺可桢推说与蔡元培先生商量之后再定。

离开孔邸会客厅以后，竺可桢又向陈布雷仔细询问了浙大的情况，事后又做了一些调查，基本上了解了浙大的状况。

竺可桢对去浙大一时举棋不定。

平心而论，他不愿当浙大校长，他觉得当了校长后，事务冗繁，与官场上的人打交道，自己不愿意侍候部长、委员长。气象所的工作刚刚打开局面，若想有新的发展，许多事情需要去做，因此舍不得离开。虽说当校长仍然可以兼任气象所所长，但人的精力有限，加上日本随时可能扩大侵略中国的战争，一旦打起仗来，就无法两头兼顾了。浙大在经济、政治、校舍、师资等方面都存在不少问题。

但他也考虑到：浙江是自己的家乡，应该为浙江的教育事业做出一点贡献，不能眼看着浙江的教育衰落下去，"郭之失败乃党部之失败"，如采取明哲保身的做法，势必使浙大重新陷入党部之手。许多亲友、学生都劝他接任。陈布雷的弟弟陈训慈来信劝他接受，让他在浙江省文化出现衰退之际，以浙大作中流砥柱。姐夫邵元冲、二姐张默君及夫人张侠魂皆让他出任。

征得蔡元培先生意见后，竺可桢决定去浙大担任校长，以半年为期限，等学校走上了正轨即另聘他人担任。并让陈布雷转告蒋介石，提出上任的三个条件，即：1. 财政须源源接济。2. 用人校长有全权，不受政党之干涉。3. 时间则以半年为限。此后，他访晤了教育部长王世杰，王在办学方针上默认了不再搞郭任远那种"一切军事化"的方针，经蔡元培先生确定，浙大校长任期为一年，谁知他竟干了13年之久，直到新中国成立时才卸任，担任中国科学院副院长等重要职务。此乃后话，暂且不提。

竺可桢担任浙大校长以后，坚持了正确的办学方针，对师资队伍、教学管理、学系设置等采取了主要

毕生求是 一丝不苟
——著名科学家竺可桢

的兴革措施，使浙大很快稳定下来。在抗日战争时期，四迁校址，在经济十分困难的情况下，从学校规模、教师队伍、学生数量、教学质量、学术成果等方面，全面发展。

浙大获得了"东方剑桥"的美誉。竺可桢被人昵称为"浙大保姆！"

年夜吃霉米

1937年7月7日卢沟桥事变，抗日战争爆发，日本帝国主义大举进攻中国，这是中华民族处于危亡的关头，中国面临着一场空前的浩劫。

浙大从1937年秋离开杭州，仅两年多的时间就在颠沛流离中四迁校址，从建德、泰和、宜山，最后于1940年初迁到黔北遵义。

抗日战争时期，国难当头，日寇到处奸、淫、烧、杀，无恶不作。太原、武汉失守以后，世风日下，一些贪官污吏，乘机大发国难财，弄得工、农业凋敝，百姓啼饥号寒，生灵涂炭，怨声载道。

本来经济十分拮据的浙江大学，此时更加艰难窘迫了。由于两年多的时间，四迁校址，从杭州到江西，从江西到广西，从广西到贵州，一路修建校舍和搬迁花费了许多钱。特别是从宜山到贵州遵义一段路程，有相当一段路程既没有船运又不通火车，全靠公路运输，费用支出很大，当时教育部给的迁移费少得可怜，无疑加重了学校和教职员的负担。学校规定每个单身教职员补助迁移费50元，带家属的发给100元，实际有家属的人员花费五六百元或上千元，竺可桢竟花了一千三百多元，虽然学校多次向有关部门求助，结果收效甚微。

浙大在黔北，地处抗日大后方，相对比较安定，加上拥有胡刚复、苏步青、陈建功、贝时璋、罗宗洛、王淦昌、梅光迪、郑晓沧、涂可望、丰子恺等一大批学识渊博的教授，本可以把教学工作做得更出色些。但由于学校资金匮乏，竺可桢不得不花费主要精力去筹措资金，校务会经常把解决财经困难提到议事日程上来，想方设法帮助大家渡过难关。

1941年旧历大年夜，竺可桢正为学校下个月发工资而发愁时，忽然从附近传来噼里啪啦的鞭炮声，才从伫立凝思中回过神来，不由自主地脱口说道："啊！过年了！"

这时，女儿竺梅和儿子彬彬等走过来，彬彬用稚嫩的声音说道：

"爸爸，今天是大年三十，还给我们吃霉米呀？

过年嘛！总得像个过年的样子啊！"

竺梅比彬彬大，用眼睛嗔了彬彬一下，很懂事地说：

"别让爸爸、妈妈为难了，能吃上霉米就不错了，希文大哥在军营，每个月才9元钱，一天吃两遍粥，吃都吃不饱，来信说要100元，爸爸好不容易凑了30元寄去，不知收没收到？收不到大概今天照样喝粥了。"说到这里，竺梅的声音变了，略带几分哭腔。

"是啊！这年头吃不上饭的穷人多得是，你苏步青叔叔，由于家里子女多，虽然是著名的教授，赚的钱不够买米，全家经常吃甘薯充饥，好米赖米能糊口就不错了。"

"彬彬，叫你爸爸、姐姐他们都过来吃饭。"说话的是竺可桢的夫人允敏（陈汲）。

按照中国的习惯，三十晚上的饭是团圆饭，一般都比较丰盛，可今年的年夜饭，既不团圆也不丰盛。长子希文在始兴没有回来，算不得团圆；饭，仍然是霉米，菜今天多一点，只有四个，都是时鲜的青菜。

一家人默默地吃着，谁也不说一句话，生怕说走了嘴，大年夜的不吉利。

竺可桢心里很不是滋味。"每逢佳节倍思亲"，想起在远方忍饥挨饿的大儿子竺津，不知过年能不能吃上几顿干饭。想起幼年时期在绍兴，每年此时家家吃汤圆，这是孩子们最愉快的时刻。过年前包粽子、舂年糕，当时家里开承茂米行、源泰烛淘，一到腊月十六七日，便煮粳米一石多，舂年糕数千条，制成牛、羊、马、犬的形象，由母亲、二嫂等包许多许多的粽子，送给亲戚朋友，小孩子还可收到长辈们给的"压岁钱"，虽然数量不多，倒是一件惬意的事儿。贵州这里过年不吃粽子、年糕，只用糯米制作白色的发糕，祈求发财，大概是白色，结果是"白发"了，该不发财还是不发财。房东付梦秋送来一些，留作祭祖用，没有给孩子们吃。大年夜吃霉米，注定来年要倒霉，不管你信还是不信，反正来年的日子不好过。

从大年初一开始，竺可桢给这里的教师、员工拜

年，见面尽管互相作揖，道一声："新年好！"但彼此从衣着、环境和面部带有几分苦恼的表情，可以看出家家都有一本难念的经，其处境是大同小异。

当时，社会上流传这样的民谣："教授教授，越教越瘦。"

尽管困难重重，浙大教职员工过着入不敷出、营养极差的苦行僧般的日子，但在竺可桢校长身体力行的带动下，在流落黔北的几年，浙大有了很大的发展，学校由1936年的3个学院16个系，发展到7个学院27个系，教授、副教授由70位，发展到201位，学生由512名，发展到2171名。教学质量较之以前有很大的提高。当时浙大的数学系和生物系在全国声誉很高，物理系、化工系、化学系、史地系和电机工程系也很有名，浙大的学生在学业竞赛和公费留学生选拔中常常名列前茅。教授王淦昌、贝时璋、谈家桢、罗宗洛、蔡邦华、苏步青、陈建功和张荫麟等的学术研究论文或专著，都很有建树，享有盛誉。浙江大学成为当时全国最好的大学之一。1944年，英国李约瑟教授在考察了中国许多大学之后，说浙江大学是"中国最好的四所大学之一"，又说中国的西南大学和浙江大学可以和西方的牛津、剑桥、哈佛大学相媲美。

在浙江大学获得如此成绩和声誉的背后，不知有多少人能知道竺可桢和他的同事所付出的艰辛。

二十八星宿的起源

　　二十八星宿究竟起源于何时何地，这是世界天文学家争论足足有一个多世纪的重大科研课题，众说纷纭，各抒己见。尽管各国天文学家都做了大量的考证，提出许多独树一帜的见解，但仍没有驳倒对方，这一重大研究项目始终没能解决。

　　原因是这一研究课题很复杂，从时间上可上溯到古代，从地域上有起源于中国、印度、古巴比伦等国之说，甚至在巴基斯坦、孟加拉国、伊朗、埃及等国

1922年竺可桢家庭照

——毕生求是　一丝不苟

——著名科学家竺可桢

也有类似的二十八宿体系的说法。

从1840年开始，各国天文学家，就开展了一场长达一百多年的喋喋不休的激烈论战。19世纪中叶的法国学者贝窝和20世纪初期的德沙素以及荷兰的薛莱格等人，主张起源于中国；而德国学者韦伯、英国学者金斯米尔和爱特金，主张起源于古巴比伦；英国的白赖南和美国的伯吉斯、惠特尼，却主张起源于印度。20世纪初，日本新城新藏则主张起源于中国，却遭到本国另一位学者饭岛忠夫的强烈反对，饭岛认为，不仅二十八宿，就是整个中国天文学都是起源于西方的。

一百多年来，尽管一些外国专家、学者无休止地论战，可对于这样一个涉及中国科学史的重大问题，国内却万马齐喑，一片沉寂。正像竺可桢在他1944年所发表的《二十八宿起源之时代与地点》一文中指出的那样"宛若20世纪初叶，日俄以东三省为战场，而我反袖手旁观也"。

早在1918年，竺可桢在美国哈佛大学读书时，他就发表了《朝鲜古代的测雨器》和《中国古代在气象学上的贡献》等文章，开始涉足于天文学科研领域。

从1927年，他作为南京紫金山天文台筹委之一，一面积极筹建天文台，一面推动创建《宇宙》月刊，此后他在《宇宙》月刊和其他刊物上先后发表了不少有关天文方面的学术论文，引起了国内外天文学界人士的关注，仿佛是又发现一颗明亮的新星冉冉从地平线上升起。

从 1943 年 12 月 23 日至 1944 年 2 月 10 日，遵义城整整过了 49 天暗无天日的日子，直到当岁除夕，听见雷声才大放光明，真可谓"未到惊蛰一声雷，七七四十九天云不开"；但除夕打雷，当地人却非常忌讳，"以为天下将大乱，凡此征候皆不足恃，若本年黔省稍微扰乱，人均以为除夕打雷之故矣……"

对于当地人这种迷信做法，竺可桢不敢苟同，但反常的自然界变化却引起他的关注，他开始夜观星象，寻找科学的解释，由此引发了他写《二十八宿起源之时代与地点》的念头，他开始翻《尚书》《汉书》等古今中外的书籍资料，进行综合考证分析，提出自己新的立论，着手动笔写了起来。

当时，校务工作冗繁，时局又处于黔南事变的前夕，他每天夜里都潜心坐在桐油灯下，时而冥思苦想，时而翻阅资料，时而奋笔疾书。

夫人陈汲看见他这样没黑夜没白天地拼搏，心疼地说：

"藕舫，都几点了你还不休息，不要命了？都往六十岁数的人了，咋不知爱惜自己的身体，年纪大了，

毕生求是　一丝不苟
——著名科学家竺可桢

工作又忙，生活又差，真让人担心哪！"

"允敏，不要紧，我还行，你先睡，我写完这几页就休息行吧？"

"唉！真拿你没办法，你写吧！早点睡。"

竺可桢写完了最后一行字，此时正好时钟敲打了11下，他提笔在日记本上写道：

"……晚作《二十八宿考》文，直至晚11点。西方星座中可以觇知其古代为游牧民族，如巴比伦以星辰为群羊，太阳、北斗七星为老羊，大角星为牧夫等。而中国古代为农耕社会，星座如牵牛、织女、箕、斗等等。中国有日出而作，日入而息之谚，但游牧民族则为行国，逐水草而居，故凤夜即起，因得见晨星。农业社会无此需要，故以观昏星为主。西方之用十二宫，而中国之所以用二十八宿者在此……"

他在四天后的日记中写道：

"……近日为赶制《二十八宿考》文，日夜从事于此，但以追于时间，故文字不免有缺憾矣。原定不过一万字，现已有一万六千字。有若干部分实觉尚须详考他书或与人讨论后始能作定论，但亦不能再待矣，于北极之移动与赤道之移动两节尤甚。晚间亦作《二十八宿考》至12点始睡。余近两周均如此，幸身体尚无碍，不知其后如何？……"

就这样，经过竺可桢披星戴月的努力，一篇45页，1.6万字的论文终于脱稿，后又反复核对，几易其稿，别看只有1.6万字，如果是普通文章算不得什么，可这是一篇科学论文力作，是一篇填补中国天文学空白的力作。是经过世界天文界学者一百多年纷争之后，抛出的我国的一篇力作，它有如传说中禹王治水用的"定海神针"一样，使世界天文界对此的争论从此波澜不兴。

他对那些反对中国起源者据理予以反驳，对主张中国起源者但理由似是而非之处进行了纠正。他从中国天文学的特点来论证二十八宿必起源于中国。他认为中国是古老的农业大国，往往以昏星观测，以斗星建定季节，以立春为一年的开始，一年四季则冬夏长，春秋短，等等。又陈述了二十八宿体系不符合印度天文学的特点，因为印度对拱辰星不感兴趣，往往偏重于理论计算，分一年为六季以此来推说二十八宿不起源于印度，从而得出一个结论，那就是：二十八宿起源于中国，再传到印度，再传到其他地方。

自此以后，世界上仍有一些说法，但总的趋向一

竺可桢手迹

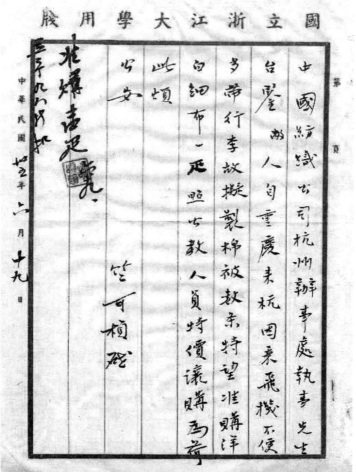

致，对于二十八宿起源于中国予以确认，不同之点只是在起源的时间上略有争议。

1978年夏天，在湖北随县出土的战国初期曾侯乙墓内，在一个油漆衣箱的盖子上，竟发现用古篆文写着一圈完整的二十八宿星名，即：角、亢、氐、房、心、尾、箕、斗、牛、女、虚、危、室、壁、奎、娄、胃、昂、毕、觜、参、井、鬼、柳、星、张、翼、轸，并有与之相对应的青龙、白虎图，这不仅使二十八宿在中国起源的年代提前了，同时也证明四象与二十八宿相配的起源年代亦很早，从1979年夏鼐根据石氏星经所进行的研究，也表明"二十八宿的成立，至迟当约为春秋中后期"。

竺可桢以辛勤的汗水、聪睿的智慧，把二十八宿的起源归于中国，同时，人们也欣喜地看到宇宙科学的星空中有一颗永不消失的耀眼明星。

这颗明星，就是我们永远怀念的科学家——竺可桢。

于子三之死

杭州。

1947年10月26日。

这是一个秋风萧瑟、苦雨凄凄的日子。

浙大体育馆摆放很多花圈、挽联，奏着低沉凄婉的哀乐，与会大约四五百人，他们正唱着哀歌，校长竺可桢参加并主持了原教务长、物理学家张绍忠教授的追悼大会。他望着张绍忠的遗像，想到其多年为浙大所做的贡献和彼此之间数十年深厚的友情，不觉潸然泪下。这几年亲友中不断有人故去，先是儿子竺衡，爱妻张侠魂，接着是蔡元培、黄翼、梅光迪……今天又是张荩谋，真是"人生长恨水长东"，转瞬之间皆成古人。

中午，竺可桢还在凄苦中冥思，被迎面而来的顾俶南打断了思绪。

"竺校长，您知道吗，学生自治会主席于子三和郦伯瑾、陈建新、黄世民等四名学生被警方逮捕了。"

竺可桢闻言身子不由自主地一颤，忙问道：

"你听谁说的，是什么时候被捕的？"

"我是听自治会学生周尚汾、彭国梁说的，是早晨两点来钟在大同旅馆秘密逮捕的。"

"可知道其逮捕的原因吗？"

"详细情况不晓得，只听说是去年毕业的汪敬羞结婚，黄、陈从上海来信，与于、郦约定乘汪敬羞结婚之机，共商'新潮社'所办的'桃园农场'之事，信被特务机关偷偷拆看，认为这是共产党骨干密谋的暗语，经省主席沈鸿烈亲自部署下令逮捕的。"

"押到什么地方知道吗？"

"不晓得！"

竺可桢不敢怠慢，连忙打电话给省民政厅厅长阮毅成和警察局局长沈溥询问，没有结果，又亲自登门去访省党部书记林树艺、保安司令竺鸣涛、省政府秘书长雷法章等人，结果到处碰壁，不是在睡觉，就是一问支支吾吾，不肯道出事情的真相。最后总算从沈溥的电话里透出一点口风："因共产党嫌疑，确为警局所拘。"

消息一传出，浙大学生无不义愤填膺。当晚，学生自治会代表大会通过决议，要求立即无条件释放于子三等四名同学，否则将采取必要的行动。

校园里的空气立即紧张起来并波及校外，罢课、游行是一触即发的事了。

此时，警方拘留于子三四人已超过了"刑事拘留不得超过24小时"的法律规定，但竺鸣涛、沈溥等人在没有取得"罪证"的情况下，耍手段，以各种借口拖延送法院开审，让竺可桢等明天，再等明天……

竺可桢信以为真，左等右等，一直没有等到把于子三四人送法院的消息，却等来了"于子三已用玻璃刺破喉管自尽"的噩耗，他立即去省政府见省长沈鸿烈，中统特务俞嘉庸也在场，竺可桢当时气愤已极，当着他们的面，引用《孟子》的话指责说道：

"以刀杀人与以梃杀人，有以异乎？"

俞嘉庸面现凶光，恶狠狠地瞪了竺可桢一眼，似

竺可桢办公处建起气象博物馆

乎在说："杀了怎么样？老夫子，说不定哪天轮到你"。

竺可桢气愤地拂袖而去。

返校后，他带着校医李天助和学生代表叶玉琪、雷学时找到俞嘉庸，一起前往鼓楼保安司令部。

在竺鸣涛办公室里，竺可桢对竺鸣涛、俞嘉庸和杭州首席检查官俞履安及法医询问道：

"于子三何时自戕？"

竺鸣涛答道：

"昨天下午6时20分，5时30分俞嘉庸尚在询问，然后交给他三张白纸，让他写清他和浙大自治会与学联的关系，不料回房后就以长三寸的尖玻璃破喉管自尽。"

"那么，请问此玻璃何来？"

竺鸣涛等人面面相觑，无言以对。

"看守所与监狱是不应有玻璃碎片给犯人或羁押者以自尽之机会。这样不管于子三死因如何都有看守不严之罪！"

午夜，竺可桢等由俞履安和法医陪同去监狱探望于子三遗体。在保安司令部后面平房，警卫戒备森严，经过木门数道，来到一个小房间，里面有两张木板床，于子三的尸体就停在右边的床上，只见他双眼瞪得很大，床左边席上血迹斑斑，喉头上有一个一公分大的窟窿，已血肉模糊，身上无伤，唯臀上有一块皮伤，右手无伤。

竺可桢目睹于子三被害的惨状，悲愤交加，胃中翻涌欲吐，几乎晕倒在地。李医生连忙扶住，打过针后稍好。

校医李天助仔细地检查了于子三的遗体，通过死者的颈部伤口及臀部殷红斑痕分析，很可能是急待取得"罪证"，用电刑逼供致死，然后伪造玻璃破喉自杀的现场。

回到竺鸣涛的办公室，俞履安拿出一份早已写好的"于子三于狱中用玻璃片自杀身亡"的检验证书，说：

"竺校长，请在上面签个字吧！"

"这个字我不能签，我只能证明于子三已死，不能证明他是用玻璃片自杀的！实在要写，我可以另外用纸写一张证明。"

俞履安无奈，只好让竺可桢另外用纸写了一份证明材料，上面写道：

　　　　浙江大学学生于子三委实已死，到场看过。

　　　　　　　　　　　　　　　　竺可桢

　　　　　　　　　　卅六年十月廿九夜十二时

尽管竺可桢在于子三尸检证书上未签字，可第二天当局有关报纸，还是捏造事实刊登出于子三以"玻璃片自刺咽喉殒命""当由竺校长等查看属实"的消息。

竺可桢拿着报纸，气得手直发抖，叫道：

"颠倒事实，寡廉鲜耻。"

为澄清事实真相，竺可桢以浙大校长办公室的名义向各报送去于子三被杀真相的材料，结果没有一家报纸敢登，这就是当局某些人宣扬的所谓"新闻自由"！

于子三被害的消息传来，积压在学生心中的愤怒一下子像火山一样爆发了，从10月3日起，罢课、集会、游行从杭州浙大开始，很快通过新闻媒介传开，在全国掀起了一次声势浩大的反迫害斗争的浪潮。

10月30日，杭州宣布戒严。

于子三的被害，不仅学生震怒了，教职员也震怒了。浙大教授在31日举行集会，竺可桢亲自到会并报告事件的经过，一向不赞成搞政治活动的束星北教授拍案而起，大呼：

"我就不信我们不敢罢教！"

结果于11月3日，浙大教授罢教一天，这是浙大建校以来空前绝后的一次教授罢教，接着讲师、助教宣布罢教。

这一切，使当局惴惴不安，浙江省省长沈鸿烈向

竺可桢

南京蒋介石发去急电，电文中说：

"……倘国立学校教授会为校中共党被捕而罢教，全体学生为共党学生之自杀而公葬游行，尚复成何体统？今后治安机关又何以奉行戡乱决策？应请迅赐电令该校严加制止，以维纪纲，而免扩大，致中共匪奸计。"

沈鸿烈给蒋介石的急电，其目的就是让南京当局给竺可桢施加压力，平息这次被后来称为"于子三运动"的学潮。

竺可桢一介书生，此时只是浙大的校长，虽然他与上流社会不少人有交往，可从来没有此时这样门庭若市过，从南京党部的特派要员到省党部的书记、部长，从京城来的达官显贵到省府的"父母官"纷至沓来，连最初为于子三等人去求过的而高卧睡榻不受理的省长沈鸿烈也亲临浙大拜会竺可桢。这些人又是劝说，又是威胁，让浙大不得罢课罢教。

竺可桢说：

"学生罢课、集会、游行是为被害同学讨还个公道，教授罢教是教授会的决议，如不以公正处理于子三事件，释放另三名学生，是无法更改的。"

沈鸿烈见竺可桢态度坚决，搭讪着说：

"先让他们复课，余下的事可慢慢商议解决？"

"那好吧！我可以做学生工作4日复课，沈省长也要到时给一个满意的答复啊！"

11月3日是全校罢教罢课的一天。晚上竺可桢在学生代表会上讲话，劝学生明天复课，他说：

"上课不妨营救，上课可得教员同情，上课对外易于交涉。"

由于他因事早走，没有听到学生讨论的结果，第二天学生仍罢课。竺可桢感到这个校长难当了，上边压，下边学生又不听劝告，弄不好还要出事，便给王琎写了一封"请代理事"的信，动身去南京辞职。

他到南京是来辞职，但仍不忘替被害学生申冤请

南京气象博物馆前竺可桢先生铜塑像

命的责任，去司法行政部、教育部、中央党部等部门，到处奔走上访，求各方伸张正义，主持公道。在"戡乱"期间，是没人敢对这样案子表态的，因此受到冷遇，只有财政部部长王云五说了句"过去上海租界捕房捉人，尚且要24小时内送法院"的不咸不淡的"同情"话。

在南京，他接待了《大公报》《申报》的记者采访，竺可桢豁出去了，不仅详细将于子三惨案的经过和造成"致死"的"凶器""创口"等诸多疑点说明，还说这是一件"千古疑案"。翌日，两报就把竺可桢的谈话内容披露于报端，其中《申报》尤为详细，该报所载的文中最后说：

"竺氏称：于生等是否共产党，或与共产党有关，当可凭据确定，然无论如何，根据戡乱动员纲领，其处理手段必依法律为之。总之学校之立场，认为此系一法律事件，其最后结局，将判明政府法治精神之充分与否，及保障人权意愿之有无。"

当记者问竺可桢于子三是否自杀时，他说：

"于子三作为一个学生是一个好学生，此事将成为千古奇冤。"

浙江省省长沈鸿烈在杭州看见报上登载的竺可桢对记者的谈话，戳穿了他们原有在报纸上所登的于子三"畏罪自杀"的谎言，十分恼火，于是立即电告蒋介石，说竺可桢有意在煽动"学潮"。蒋介石命教育部长朱家骅找竺可桢在报上发表"更正"声明，竺可桢义正词严地说道：

"报载是事实，我无法更正！"

竺可桢对记者的谈话，一石激起千层浪，在社会上引起了巨大的反响。

对此，国民党青年部部长陈雪屏在提到这次各地学潮时说：

"这次学潮的根子仍在浙大本身，因为有一个竺可桢这样国内第一流校长，在学潮中属于第三个之态

度之故……"

为了伸张正义，竺可桢承受着巨大的压力，泰山崩于前而色不变。他读了郭沫若一篇关于王阳明的文章以后，在日记本上抄录了王阳明被谪龙场驿丞，乘船遇飓风的一首诗：

险夷原不滞胸中，何疑浮云过太空；

夜静海涛三百里，月明飞锡下天空。

竺可桢称赞它"这是何等沉毅的大勇"！是此时他自己心境的真实写照。

竺可桢一回到杭州，就对浙大师生讲：

"真理在我们一边，胜利一定属于我们。"

一场由于子三惨案引起的学生运动，波及北平、

上海、南京等28个城市，有十多万学生参加，使当局不得不做出让步，青年部部长陈雪屏宣称：

"行政院已通令全国，今后凡逮捕学生，必须有确凿证据，捕后立即解法院。"

可是，当时政府一些人仍顽固坚持与学生对立的立场，在此后公开审理与于子三同时被捕的陈建新等三人和埋葬于子三问题上，表现得十分充分。

11月11日，学校接到法庭送来的起诉副本，竺可桢便委托浙大常任律师鲍祥麟和新聘辩护律师徐家齐，找狱中三位学生谈话，收集取证材料，这些材料足以证明于子三等人无罪，如法庭起诉书中引用的所谓"罪证"材料《于子三口供笔录》竟然"墨盖珠"，实属伪证假造的材料。

法庭开庭后，竺可桢坐在旁听席上，听徐家齐辩护律师从容不迫、有理有据的辩护，他引经据典，以事实为根据，以法为准绳，措辞严谨，语锋雄健，将《起诉书》逐条进行批驳，竺可桢等浙大师生听得痛快淋漓，徐家齐律师认为法院果能秉公执法，三人应无罪释放。但提出保释三人，竟被法院拒绝。

最后浙江省高等法院竟以叛乱罪，判处陈建新等三人有期徒刑七年。

对此判决，竺可桢认为"此判决实嫌太重"，感到

法庭明知学生无罪,"似有政治压力",所以判决"政治性重于法律性"。

这样的判决,浙大学生当然不服,说这"无异对我国司法的尊严与公正判以极刑,对政府正在高唱'法治''宪政'是莫大讽刺"。

对于于子三的安葬问题,浙大与当局存在分歧。于子三被害的第四天,省长沈鸿烈提出马上随便埋掉了事,竺可桢当然不能同意。开始学生要求把于子三安葬在华家池,经竺可桢的不懈努力,决定安葬在杭州东南的凤凰山。

当局要求出殡不得兴师动众。

学生要求集体送葬。

在竺可桢的苦苦周旋之下,当局同意学生集体送葬,但沿途不得喊口号、贴标语、唱挽歌、奏军乐、设路祭等;送葬不得有意走闹市区,只能从停柩的停云山庄,直接去凤凰山。虽然条件十分苛刻,学生考虑同学于子三能早日入土为安,也答应了。临送葬前,学生自治会在沪、杭两地报上刊登了"敬祈惠临执绋"的《告窆》文告,类似现在的讣告。

就在临出殡的前一天,省政府又变了卦,觉得此做法不妥,不让第二天出殡。

当天下午,杭州大街小巷贴满了"不准共匪于子

1963年第5期《人民画报》封面上的竺可桢照片

毕生求是　一丝不苟

——著名科学家竺可桢

三埋葬在美丽的西子湖畔"之类的标语,气氛又紧张了起来。竺可桢怕学生再闹事,就苦口婆心地做工作,学生还算通情达理,提出除4日送葬日期不变外,其他条件可以接受。

晚上,竺可桢去省政府找沈鸿烈谈出葬的事,沈鸿烈傲慢地说:

"出葬的事,你们浙大内部解决,学生不能闹吗?马上解散学生自治会,把闹事的学生开除,免得滋生事端。"

竺可桢感到很不是滋味,马上反驳说:

"学生如有越轨行动,学校可以加以处分或解散自治会,否则无所根据,不能服人。"

沈鸿烈气得把茶杯重重地往桌上一摔,竺可桢把衣服一甩,拂袖而去。

第二天,几个学生来报告说:"竺校长,杭州已全城戒严,学校已被武装军警包围了,往外出的道上都设有铁丝网,这一着真毒啊!"

"知道了,其他同学都在哪里?"

"都在广场集合,等你去讲话呢!"

竺可桢随着报信的同学来到广场,见两千来个师生个个胸佩白花,手持挽联、挽幛,白莹莹一片雪海,正愤怒地高唱挽歌:

"我们抬着你的遗体向前走，

走在祖国的土地上，

仇恨的人们听着记着，

今天将烈士埋葬，他日开出民主之花。

……"

竺可桢看见师生们的悲壮行动，既激奋又焦急，激奋的是大家敢为真理而献身，焦急的是一旦队伍走出校门，必然会遭到武装军警的袭击，其后果将不堪设想，他大步登上主席台，望着自己朝夕相处的同事和学生，好半天才说道：

"昨晚与沈省长交涉未成，我们应暂缓送葬，今日如大队出发，必致冲突，酿成惨案……"

此时，只见西、北两个校门口，出现两支流氓打手队伍，有的手里拿着"反对浙大出殡"等红绿纸旗，有的手持木棍，在校门口乱喊乱叫。忽然，西门那支流氓队伍冲了进来，竺可桢不顾个人安危忙上前拦住，大声喝道：

"你们冲进校内干什么？"

一个满脸横肉的家伙说：

"我们来请愿，学生出殡戒严了，害得我们饭都

毕生求是 一丝不苟
——著名科学家竺可桢

没得吃了。"

竺可桢用手一拍胸脯，说：

"我是校长，要请愿向我请，不必去找学生。"

竺可桢把这伙人刚弄出西校门，不想另一伙人又从北校门呼叫而来，刚退出

竺可桢先生在故居前发表讲话

的那一伙人也翻过身来往校园里冲，汇合一起大叫：

"打死他们！"

"杀死他们！"

这些人嘴里喊着，手也未停，抢起木棍乱打乱砸，牌楼、纸坊尽数打碎，女生刘季会折断九根肋骨，女生贺光华头被打伤，血流满面，男生韩桢祥等二十多人受伤。

正在学生队伍混乱之际，就听体育教授舒鸿大喝一声：

"他们跑进学校里打人，我们为什么不还击！"

一语惊醒学生，仗着人多势众，不一会儿，就把

几十个流氓打败当场捉了11人。

令人气愤的是当局不但不惩治打人的流氓，法院竟把被打伤的学生当作"凶手""被告"传讯。

这一天，正是当局实行"宪法"的第四天，竟会在光天化日之下发生流血事件。

流血事件发生后，浙大学生又开始罢课以示抗议。三天后，教育部来人一面安抚，一面提出开除肇事学生。

竺可桢说：

"校中开除学生，只能凭个人之行为，不能任意开革，否则莫须有之事何以服人？"

不几天，当局又拿一个开列浙大学生38人为共产党的名单，提出要照名捕人，竺可桢拒绝说：

"浙大向来事事公开，开除学生必须有理由，校中并不知谁是蓄意捣乱的共产党。没有证据怎么能随便抓人。"

经历这场暴行后，竺可桢决心辞职不干，他深有感触地说：

"这样的大学，竟在光天化日之下，被军警包围和捣毁，是办不下去了。"

他委托蔡邦华教授翻墙而出去南京向教育部提出辞职。

毕生求是　一丝不苟
——著名科学家竺可桢

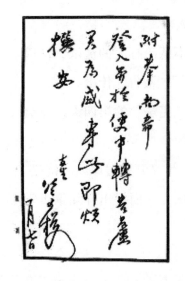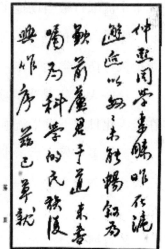

竺可桢信札

苏步青、谈家桢等代表教授会挽留竺可桢。

学生自治会代表拿着千余名学生签名的《上校长书》，说浙大离不开竺校长，请勿辞职。

于子三终于安葬在凤凰山。

竺可桢辞职未成，此时仍留在浙大，继续充当"浙大保姆"的角色。

一张弃权票

北平（北京）。

1949年9月。

竺可桢作为教育界的代表，被邀请参加了中国人民政治协商会议。此时，他的心中波澜起伏，百感交集，有一种难以述说的滋味。过去，他尽管是一位国内外享有盛誉的教育家、科学家，只是从事教育和科学工作，从未涉足过政治，虽然多次遇有机会，都被他毅然地放弃了，这回是他毕生第一次正式参加政治活动。

在新政协里，有来自全国各地区、各领域、各党派的代表，共同协商国家大事。这次会议的主要任务是讨论并通过《共同纲领》，选举中央人民政府委员会，宣告中华人民共和国的成立。

夜，已经很深了，竺可桢倒在床上，翻来覆去，久久地不能入睡，眼前展现出一幕幕前尘往事：

在上海即将解放的前夕，他两次收到国民政府教育部部长杭立武的来电，催促他立即赴沪有"要事"相商。从杭州抵沪后，才知道所谓的"要事"是让他去台湾或广州，当即被拒绝。不几天，又碰上蒋经国，也邀请他去台湾，同样被他婉言辞谢了。

他冒着被特务绑架或暗杀的危险，等到了上海的解放。他伫立在街头，亲眼看到中国人民解放军纪律严明，对人民秋毫无犯。同时也看到了人民群众载歌载舞，欢庆上海解放的场面。他见到社会秩序稳定，生产很快得到了恢复。对于经历过几个政权更迭的他

毕生求是　一丝不苟
——著名科学家竺可桢

来说，面目为之一新。然而，他对共产党了解还不深，在当时一些知名人士联袂发表拥护中国共产党的宣言上，他以科学家求是严谨的态度没有签名。虽然没有公开表态，可他在上海解放第三天的日记中却写道："解放军之来，人民如久旱之望云霓……"

此后不久，在"中央研究院"纪念建院二十一周年的大会上，解放军二野司令员、上海市市长陈毅特意赶来参加并讲了话，使竺可桢进一步了解了中国共产党的政治主张，看到中国共产党对知识分子和科学事业的深切厚望，陈毅将军说：

"今年8月在北平将召开全国自然科学工作者代表会议筹备会，这是筹划新中国科学事业发展蓝图的重要会议，希望你们当中有代表去出席会议，共商科学事业的发展大计，为祖国的科技进步做出应有的贡献！"

陈毅将军的讲话，给即将步入花甲之年的竺可桢重新点燃了希望之光，准备动身去北平参加科代会筹备会议。正在此时，他却受到了一次意外的打击。

有一天，竺可桢正在屋内看书，忽然听到"笃笃"的敲门声，开门一看，见是一位身穿青绿色军装的中年军人，当与这位军人的目光相对时，不由大吃一惊道：

"鸿慈，怎么是你？"

"爸爸，你好吗？我来上海后，好不容易才打听到你在这里"。

来访的军人是竺可桢女儿竺梅的丈夫胡鸿慈，三年前与竺梅一起投到解放区，一别三载，偶有来信，胡鸿慈现在在上海军管会工作。

"鸿慈，怎么你一个人来，竺梅和孩子他们怎么没有来？"

鸿慈见问，已控制不住自己的感情，流着泪对岳父说了竺梅去年9月在大连不幸病逝的消息。

像晴天一声霹雳，一向感情不轻易外露的竺可桢，

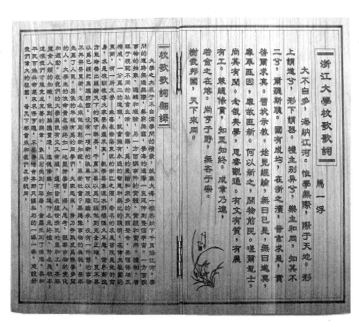

不由得浑身颤抖，老泪滂沱，多年的梦绕魂牵，不想一去竟成永别，联想十年前在战乱中失去娇儿、爱妻，十年后，又痛失梅儿，真是命运多舛，天不怜我矣！

在去北平之前，杭州浙江大学师生和上海浙大校友，曾多次恳请他返回浙大继续主持校长工作，并在上海校友举行的大会上，献赠给他一枚刻有"教泽广敷"四字的金质章，表示浙大广大师生对老校长的拥戴之情。半个月后，在北平中山公园今雨轩，又有二百多名校友集会，要求老校长回浙大长校，使竺可桢感动不已，热泪盈眶。回想自己在危难中受命任浙大校长，战乱中四迁校址，颠沛流离，惨淡经营，赢得了"东方剑桥"和"浙大保姆"的美誉。如今自己年纪大了，决心谢辞浙大师生和校友的挽留和期望，在今后的有生之年，从事科学研究工作，以了却平生的夙愿。

他从上海辗转来到阔别13年之久的古城北平，应邀参加全国自然科学工作者代表会议筹备会，上海地区的代表还有知名科学家吴有训、赵九章、吴觉农，冯德培、周仁等27人，从全国各地来的代表205名，科技界的精英，群芳荟萃，济济一堂，受到党和国家领导人周恩来、李维汉和北平市市长叶剑英以及吴玉章等的先后会见。

竺可桢、吴有训等人还有幸参加了周恩来在中南海特意为他们举办的晚宴。席间，周恩来亲切地征求竺可桢、吴有训等著名科学家对全国科学工作者会议的意见，并讲了目前全国政治经济的局势，勉励他们为新中国的科学事业做出更大的贡献。

这次会议一结束，竺可桢就参加了科学家赴东北参观团，并被推选为团长，先后参观了沈阳、鞍山、本溪、大连、抚顺、长春和哈尔滨等东北主要城市，目睹了东北解放区生产恢复和进展的情况，感受尤深。

在辽南，看见台风过后所发生的洪涝灾害，造成农田被淹、铁路交通中断的情景，深深感到自己作为科学家应尽的责任。

在大连，参观七日受益匪浅，但使他遗憾的是无法寻觅到爱女竺梅的坟墓，不能去其坟前哭祭。从大连赴沈阳途经熊岳城之东北望儿山时，又触景生情，再一次唤起怀念爱女梅儿的情思，偷偷地洒了一行老泪。

在沈阳，有幸会见从香港来的爱国人士章士钊、蒋光鼐、吴奇伟等21人，向他们讲述了考察东北的切身感受，还向沈阳和香港的青年作了有关台风的讲演，由于讲得深入浅出，引人入胜，会场上不时地传来阵阵掌声。

回到北平后，竺可桢在北平饭店照了相，领取了代表证，参加了《中国人民政治协商会议共同纲领》（简称《共同纲领》）的讨论。

这部《共同纲领》规定了中华人民共和国政体的性质，确定了政权机关的任务以及各项政策的总原则，在《中华人民共和国宪法》没有颁布之前，起着临时宪法的作用。

9月9日，在中南海勤政堂开小组会议，讨论《共同纲领》，竺可桢这一组在第五会议室，由当时任中共宣传部副部长的陈伯达为召集人，全组十多人，竺可桢只认识罗常培一人，发言最热烈的是施复亮、陈瑾昆和沈志远三人。竺可桢事先仔细阅读过《共同纲领》草案，认为基本妥善，故没有发言。

当讨论到第五章文化教育政策，第四十三至四十五条时，民盟的代表提出将这三条合并，新成立的中国科学院包括自然科学、社会科学与文艺，但大多数代表认为科学院包括自然科学和社会科学，但不包括文艺。主持会的陈伯达对竺可桢说：

"竺可桢同志，你是科学家、教育家，这个问题你最有发言权，请谈谈你的意见吧？"

竺可桢数十年从事科学研究工作，深知科学技术对于建设国家的重大作用，于是不紧不慢、严肃认真地说道：

"我认为，社会科学、文艺都很重要，但根据我国的国情发展自然科学尤为重要，我国与西方先进国家比差距最大的是科学技术。因此，我建议在《共同纲领》中关于发展自然科学问题专列一条，把它列入重点问题来对待，以求迅速地得到发展。"

竺可桢的建议，得到大会许多人的赞同，后来被正式通过的《共同纲领》第四十三条规定："努力发展自然科学，以服务于工业、农业和国防的建设。奖励科学的发现和发明，普及科学知识。"

正因为竺可桢的建议被大会采纳，实现了包括自己在内的广大科技界人士的多年愿望，使他在后来的25年中坚贞不渝地为之献身，直到生命的最后一息。

10月1日下午3时，在天安门广场举行开国大典，毛泽东在天安门城楼上向全世界庄严宣告中华人民共和国正式成立，中国人民从此站起来了。竺可桢站在天安门城楼上俯瞰无比盛大的庆祝场面，抚昔追今，心潮起伏，感慨万千，展望未来，自己所从事的事业如阅兵队伍那样波澜壮阔，似天上礼花那样绚丽多彩。

悲哉！滥垦滥伐

　　1965年7月末，竺可桢视察完兰州、西安中科院西北分院各研究所以后，奔赴河西走廊地区，进行综合考察。在酒泉、玉门、安西、敦煌等地留下他串串足迹。

　　他乘坐汽车沿兰新铁路穿行，当走到红柳园附近时，看见公路上一辆辆汽车载满红柳树呼啸而过，他不由大吃一惊，对身边同来的人说：

　　"这红柳树怎么能这样随意滥伐，红柳是固沙的植物，割去红柳，风沙就会飞扬起来，农田村舍将被

湄潭浙江大学旧址

吞没，这怎么得了。"

"是啊，过去这一带吃够了风沙的苦头，刚刚有了这红柳树作屏障，不想又被胡乱砍去，简直是罪过呀！"

他们细心地数了一下，大约平均每半小时就有七辆运红柳树的卡车经过，后来从当地人的口中得知，每年这里被滥伐的红柳树高达一千多万斤，红柳园很快就被毁掉了，竺可桢痛心疾首地说：

"悲哉！滥砍滥伐。再不制止将毁去这里的一切。"

竺可桢忙找到当地有关部门反映这一情况，呼吁不要再干滥砍滥伐的事，可当地有的官员说：

"我们也知道毁林的害处，可这里穷啊，老百姓吃饭、烧柴都成问题，不砍点红柳咋办？"

"砍红柳是可以解决一下眼前的困难，可你们想过没有，红柳被大量砍伐，其后果是什么？一旦风沙起来，农田、村舍将统统被湮没，到那时老百姓的生活将陷入绝境。"

"理是这样理，可目前的困难怎么办哪？"

"总可以寻找别的出路，毁林无疑是饮鸩止渴的办法，千万不要再干了！"

"唉！"

晚间，竺可桢躺在招待所房间的木板床上，翻来覆去睡不着觉，眼前出现一幕幕令人忧心的景象：

1952年，考察内蒙古时，发现当地有毁林垦田、毁草原垦田的现象，在政务院第一百二十三次会议上讨论防旱抗旱问题时，自己曾提出：在内蒙古察北地区，凡雨量350毫米以下者，不宜农垦。

1955年9、10月间，考察山西各县水土保持工作情况时，看到那里农民用修等高埂、筑梯田、挖排水渠等有效办法，保持水土，利用水利，夺取丰收。同时不同程度存在乱开荒山陡坡和滥伐树木并深刨柴根，造成水土流失的现象，重演过去那种"筚路蓝缕，以启山林"的做法，对此发表了一篇《晋西北地区水土保持工作视察报告》，提出一些批评性和建设性的意见。

1957年，去海南岛和雷州半岛考察，看到因滥砍滥伐，当时除了椰子树和橡胶树外，几乎没有比碗口粗的其他树木，童山濯濯，一片灰黄的颜色，田里的农作物长得疏疏落落，大片平坦的沙漠上，布满矮小的荆棘，使人不寒而栗。

在西双版纳，他看见了原始的刀耕火种的现象，白天烟雾弥漫，夜晚火光熊熊，树木和植被被烧毁，破坏了生态平衡。

记得 1957 年夏天，中苏两国有关专家联合考察了黑龙江沿岸地区，在苏联的土地上到处是高大的森林，而中国的这一带地区树木很少，两相对比，不难看出彼此之间在森林保护方面的差距。

十多年的综合考察，自己和同事走遍了祖国的天南地北，到处留下忙碌的足迹，既看到祖国前进的脚步，同时也见到许多令人惋惜痛心的事。

这种现象不仅在中国有，在世界历史上也是屡见不鲜的。第一次世界大战期间，美国因销售军火发了横财，生活水平的日益提高，导致了小麦的涨价。一些美国人就想多种小麦，把中部的堪萨斯、内布拉斯加各州的草原区域开辟成麦田，最初三四年里，收获颇丰，因此去开荒的人愈来愈多；这些人只图眼前的既得利益，不知水土保持，既不栽树，也不修灌溉工程，结果从 1930—1936 年一连七八年的干旱，风沙弥漫，尘埃蔽天，有时白昼变成黑夜，数百万亩新开辟的田园尽成沙荒，数十万人民无家可归，到如今这个沙荒区域成为有名的"尘涡"。

联想到古国巴比伦的消失，非洲撒哈拉大沙漠的形成，巴尔米拉、彼特拉、也门废墟以及埃及、波斯和印度斯坦广大地区的荒漠，中国陕西榆林在三百年间的三次迁徙，西北大戈壁的八百里旱海……

竺安先生认真观看图片展出

　　竺可桢不敢再往下想，越来越觉得问题的严重性，自己作为中国科学院的副院长、科学家，不仅有权力而且有责任提出制止这类现象的发生，从科学的角度阐明保护森林、保护草原、保护水土的重要性，这是一件"功在千秋，造福子孙后代"的大事。

　　他到处呼吁这件事，多次写文章、做报告论述这件事，向中央领导上书说明要求办这件事。

　　他做了不懈的努力，尽到自己应尽的责任，受到了周恩来总理的重视，于1959年在洛阳召开了黄河七省水土保持会议，这项工作也收到了可喜的成效。但在那任意夸大"人的因素第一"的年月，想完全制止滥垦滥伐的问题是不可能的。

在全国人大代表大会的一次会议上，某省领导竟滔滔不绝地说起他们毁林造田，增加耕地面积的成绩，竺可桢听得惊悸不安，忧心如焚。

面对这种违背大自然规律，日后必然会遭到大自然无情报复的问题，竺可桢自感回天无力，不禁扼腕浩叹：

"悲哉！滥垦滥伐！"

掌上风云

西北大戈壁滩。

狼心山与主山脉祁连山连绵起伏，溺水河弯弯曲曲地向远方天际流去。

这里历来有"八百里旱海"之称，茫茫大漠，地旷人稀。

这里千百年来流传着这样一首民谣："山多不长草，风吹石头跑，一年两次风，一次刮半年。"

由此可见，这里是几乎天天有风，直刮得天昏地暗，黄沙蔽日，沙丘林立，活像一座座坟包儿，真正的坟包是固定不动的，而这里的"坟包"却被风吹得移来移去，一忽儿散去，一忽儿又堆起，使人很难数清这里到底有多少座"坟包"。

尽管溺水河清澈透底，可能够在这里生长的植物却寥寥可数，人们偶尔可以看见戈壁滩上长着一些骆驼刺、芨芨草、甘草等绿色的生命，有时也会看见几株沙枣树、红柳树。只有到军人的营地，才可以见到特意移栽的钻天杨，大概是这里最密集、最高大的树木了。这里的胡柳树最有趣，同一棵树上，顶部长着呈桃心状的叶子，似榆非榆，而其下部的叶子却尖尖细长，颇像柳叶儿，蔚为奇观。

这里曾经是古战场，传说西汉元狩二年（公元前121年），汉骠骑将军霍去病打败匈奴后，陆续建立了酒泉、武威、张掖、敦煌四郡，如今古战场已被风沙湮没，给人们留下的只是一缕缕千古兴亡的感叹。

新中国成立后，中国人民昂首挺胸跻身于世界民族之林，不仅经济得到了恢复发展，科学技术也有很大的进步。1964年秋，我国第一颗原子弹爆炸成功。面对西北戈壁滩巨大的蘑菇状烟云，几乎所有的炎黄子孙和一切爱好和平的人们都欣喜万分，只有少数搞核讹诈、核垄断的人才感到惊悸不安，时而发出几声狂吠。对此，中国政府多次向全世界庄严声明：在任何时候，任何情况下，中国都不会首先使用核武器，搞核试验的目的在于打破超级大国的核垄断、核讹诈，旨在最终在全世界全部、彻底、干净地销毁核武器。

酒泉导弹基地。1966年接受一项代号212的任务，这项任务是以导弹为载体发射核弹，两弹结合，标志着中国不仅拥有原子弹，而且有了运载武器，使中国国防科技登上一个新的台阶，进一步打破超级大国的核垄断、核讹诈，扬我国威，弘扬和平正气。

核弹试验发射，一般只能是在地下或海上进行，除了美国搞过在本土进行核弹发射外，只有中国在本土搞这样的试验发射，地点选在沙漠地区，以保障试验发射的安全。

沙漠又称旱海或大漠，统指沙碛不毛之地。古代亲自到过沙漠的人，如晋僧法显、唐僧玄奘都把沙漠说得十分可怕，给人一种漠漠大荒，步入死亡的感觉。晋僧法显在《佛国记》中写道："沙漠有许多恶鬼和火热的风，人一遇见就要死亡。沙漠是这样的荒凉，空中看不见一只飞鸟，地上看不到一只走兽。举目远看尽是沙，弄得人认不出路，只是循着从前死人死马的骨头向前走。"唐僧玄奘在《大唐西域记》中说："东行入大流沙，沙被风吹，永远流动着，过去人马走踏的脚印，不久就为沙所盖，所以人多迷路……而且时时听到有歌啸、或号哭声音，使人惊恐迷惑，失掉方向。因为同行的人，常有疾病死亡，这是魔鬼在作

——毕生求是 一丝不苟

著名科学家竺可桢

怪。"唐僧玄奘在这部书中把沙漠称为大流沙或沙碛。在地理学沙漠可分为石质、砾质和砂质多种。近代习惯称石质、砾质者为戈壁，而砂质者才能为沙漠。在生物学上因沙漠、石碛均为不毛之地，故概称为沙漠。

导弹基地接受任务后，认真地进行研究、安排、部署，首先把发射区域内的牧民全部迁出，尔后由工兵在一个远离大本营的地方，修建一个临时发射场，一千多千米的航线区，包括测量、通信、拍照、警卫等各项准备工作正紧张而有秩序地进行。

发射场地人员在搞导弹、核弹的组装工作，这是一项十分缜密而又危险的工作，尽管科技人员多次进

竺可桢的名言

行技术交底，但总归是初次搞组装，而且组装的又是让人"谈虎变色"的导弹、核弹，心里总有点不踏实。

场地上正刮风，刮得让人很难受，组装工作愈发困难了。国家科委主任、聂荣臻元帅见此情况，便对基地人员说：

"场地有椅子吗？有给我拿来一把。"

"聂帅，这里风沙大还是回屋里坐吧！"

"不，快去拿来，就放这里。"聂帅用手指着组装的现场，声音严肃地说。

毕生求是 一丝不苟
——著名科学家竺可桢

浙大玉泉竺可桢像

"聂帅，这里不安全，还是到安全的地方去吧！"

"不安全，你们不是都在这里吗？导弹对谁都一样，我命令你快去！"

基地人员无可奈何地搬来一把椅子，聂帅坐在组装的现场，任凭风沙的扑打，一动不动地观看着基地人员的组装。大家见聂帅坐在自己的身边，一副无所畏惧的样子，像吃了定心丸，眼睛顿时明亮起来，手也特别听使唤，组装得十分顺利。

一切准备工作就绪，就等一声令下，所有的测量人员、科技人员、部队指战员同时按指定的时间、地点分头进入发射阵地，光测、雷测、遥测一齐开通，协调一致，等待一个雷霆万钧、震彻寰宇的时刻到来。

谁知天不作美，就在导弹发射部队将进入首区发射场地，临发射的头一天，气候突变，狂风大作，飞沙走石，军营外的钻天杨被刮得呼呼作响，茶杯粗的树干摇摆不已，树枝被吹得向下倾斜，继而复起，再倾斜，不时传来枝条的折断声，接着是一片抱怨声、咒骂声……

"这个鬼天气，属猴子脸的说变就变，昨天还没有多大的风，现在竟刮得这样大，明天可怎么发射呀！"

"谁说不是，我看八成要泡汤，这么大的风不停下，谁敢发射呀！弄不好掉入本土可不是闹着玩的，伤人不说，还要造成不可估量的影响。"

"那能不能把发射的时间改一改，等煞风了再发射呢？"

"你当是小事情哩！说改就能改，这件事党中央、毛主席都知道，听说周总理亲自在北京听汇报，坐镇指挥，随时听这里的消息。"

"如果大风一直不停咋办？"

"咋办！反正你说了不算，我说了也不算，任凭上级安排吧！"

在基地十号区会议室里，国家科委主任聂荣臻元帅、国家科委领导、基地领导及著名科学家钱学森、竺可桢等人正在研究两弹发射的问题。

听了基地领导关于发射准备情况之后，聂帅严肃地说：

"本次两弹结合，意义十分重大，这是一项前无古人的大事，党中央、毛主席十分重视，周总理在等候我们的佳音，全国人民乃至全世界都在关注着我们，只许成功，不许失败。"

"可风这么大，怎么能按时准确无误地发射呢？"

聂帅沉思片刻，望了望竺可桢说：

"竺老，您是科学家，请您谈谈意见吧？"

竺可桢来基地后，根据气象台的短期、中期和远期的气象预报，结合当地的气象特点，运用数十年从事科研工作的理论和经验，进行一番综合分析、判断，已胸有成竹，他所以没有抢着发言，是想多听听别人的意见，印证一下自己的判断，这样会更

竺可桢（左一）看望老友陈寅恪（左二）

稳妥，更把握些。此时，他见聂帅问他，便从容不迫地说道：

"根据我的分析判断，虽然今天风很大，从种种迹象表明，到明天发射的时候，风可以停了，即使有风也很小，我们可以按原定计划执行，立即做好明天发射的一切准备工作，人员可按部就班地去现场了，如果再等，等来的将是一个下雨的天气。"

聂帅呷了一口茶，冲着竺可桢说：

"竺老，有把握吗？"

"有的，请聂帅下令吧！莫要错过良机，机不可失，时不我待。"

"好，就这么定了，按原计划办，请大家分头行动吧！"

当听到明天准时发射的消息，基地上一些人将信将疑。说信吧，现在风力很大，一点也没有将要停止的迹象，到时候怎么能停呢？不信吧，人家可是国内外著名的天文气象学家，出言必有科学的根据。虽然心里疑虑重重，但军人以服从为天职，心里有想法，行动却仍然是积极主动的，顶着风沙尽心尽力地干着自己应该干的事情。运载导弹车队迎着大风按时驶向发射场。

说来也真神了，到临发射前有一段的时间，风力逐渐地减弱了，最后竟真的停了。

场地上一片欢腾。

人们的心中回荡着《三国演义》中的一句话：诸葛亮神人也。

场地上一片忙碌。

发射场的信号装置，倒计时数着十、九……四、三、二、一。

只见红光一闪，烈焰腾空，人们从测量台上看见

导弹的尾部放射出万道光华……

两弹结合发射成功！

千山万水报以巨大的回响。

导弹的轰鸣，震落了一场大雨，潇潇洒洒地撒向大戈壁滩。

最后的拼搏

"老骥伏枥，志在千里；

烈士暮年，壮心不已"。

"文革"使年事已高的竺可桢陷入十分窘迫的境地，不仅科研工作受到了影响，生活条件、医疗条件

竺可桢故居

也失去了保障，最后连到游泳池游泳的条件也失去了，只能靠体操、散步和深呼吸来进行锻炼。身边已没有一个工作人员，秘书整天参加政治活动，后来又下放到"五七"干校，家里辞掉了公务员和保姆。这样一来，所里的事情只有由他这个"光杆司令"去干，一切家务事全部落在老伴陈汲的身上。

老伴疼爱他，总是想方设法照顾他的生活，往往还要受到冲击。那年月，街道不是搞批判斗争，就是组织跳"忠字舞"，"早请示""晚汇报"必须参加。老伴一忙，竺可桢可就惨了，吃饭就成了问题。没办法，老伴只好手把手地教他如何划火柴点液化气炉灶，自己简简单单地做点饭菜，对付吃一点。

一天，又到了领粮的时候，老伴陈汲拿着购粮本和米袋子要去领粮，他怕六十多岁的老伴一个人拿不回来，就和老伴一起去了粮店。他提着15斤大米走了一里多地，尽管中途歇了一会，仍然累得气喘吁吁，上气不接下气。这点事对一般人来说本不算什么，可对一位年近八旬的老人来说难度是可想而知的。

"文革"开始后，学校停课不能再读书，科学院里也不让读书。竺可桢办公室订的几本外国科学杂志，已被取消了。这对一向读书成癖、密切关注国际科学发展动向的老科学家来说，不能读书，不能了解国际科学信息，就像是断了"血脉"一样，感到生命仿佛枯竭了。

后来他听说，院部图书馆还有订英国出版的《自然》杂志和美国出版的《科学》杂志。他就让秘书为他去借，自己一期不落地看，一旦发现与他科研工作有关的内容，便立即抄在笔记本上。

可好景不长，他的秘书被下放到"五七"干校。他自己去借，往往因办完公事赶不上趟。后来他听说中科院情报所的图书馆订有这两种杂志，那里离他家住处还不算太远，他就买了一张公共汽车月票，经常挤车去那里阅读。谁知不久又生了一场大病，身体的健康情况已不能再挤车去那里阅读了。怎么办？他只好想其他的办法。

他的一位邻居在中科院地理所工作，一向不爱求人的老科学家，为了能看到这两本杂志，便登门向这

竺可桢铜像

位邻居求助，邻居对他很敬重，忙把他让进屋里，他开口说：

"有一件事托你办办。"说完脸上露出几分歉疚。

"竺老，什么事呀，您不必客气，尽管开口。"

"请你帮我从所里借借《自然》和《科学》两本杂志看看。"

邻居听完，感到他在这种时候，还坚持看外国科技杂志，实在难得，微笑着连声答应：

"可以！可以！"接着又问道："您借哪一期呢?"

"凡是新出版的，每一期都借。"

"好的，我尽力去办。"

当时根本没有人读书，特别是读外国科学杂志。图书馆里冷冷清清，图书管理员听说有人要借《自然》和《科学》杂志，感到非常惊奇，一问才知道是竺可桢要看，眼前现出了老科学家不久前在这里认真读书的情景，十分高兴地把这两本杂志拿了出来。

在邻居的热心帮助下，竺可桢又能及时地阅读这两本杂志。他一期不落的翻阅着，终于在这两本杂志上看见了他盼望已久的古气候测定结果的文章，高兴得像是发现了"新大陆"一样。

1969年《自然》杂志第十七期上，刊登了格陵兰岛近一千七百年来气温升降图，这是丹麦哥本哈根大学用最新的科学方法测定出来的。

1972年《科学》杂志第二十五期上，刊登了另外一张格陵兰岛气温升降图，该图记录了近三千年来岛上气温升降的情况，同样也是用最新的科学方法测定出来的。

此时，他正在着手修改他的论文《中国近五千年来气候变迁的初步研究》。

这篇论文是他研究了近五十年的重要课题，几乎用了半个世纪的心血去思考的。这篇论文最早完成于1966年，原文是用英文写的，成稿后由夫人陈汲用英文打印的，是竺可桢参加罗马尼亚科学院成立一百周年庆祝活动的礼物，当时并未公开宣读。

一晃6年过去了，许多情况有了新的发展、变化，他对许多材料、情况的掌握也比6年前要精进丰富得多，况且国际上对此又用最新科学方法提供科学的论证。

尽管手中掌握许多材料、情况，又有了新的科学论证，可修改这篇科学论文，对他来说也是力不暇供了。因为此时他的身体状况，大不如从前了。1969年2月的一场大病，他住进了北京医学院第一附属医院，失去了对知名人士照顾的医疗条件，加上年逾八旬，从此健康状况急转直下，肺气肿病加剧的发展，体重已下降到七十多斤了。

在这种情况下，他决定修改这篇论文，亲人们都为他的身体担忧。

有一天，他的儿子来看望他，听说他要修改论文，深感忧虑地说：

"爸爸，你不是写过一稿吗？"

"那是用英文写的。"

"找人翻译一下，不就行了吗？"

竺可桢

"不！我自己一边翻译，还要一边修改哩，有些段落，要重新写；有些段落，还要增加新的内容。"

"那………那您的身体吃得消吗？"儿子关切地问。

"可以坚持下来。"竺可桢很有信心地回答道。

他的亲人心里都明白，与其说他对自己身体健康状况有信心，不如说是他对自己献身科学事业的执着追求的拼搏精神更准确些。

虽然手中掌握的材料、情况很多，但他写起来很吃力，有时一天也写不满一页纸，就是这样，写出的东西，还可能在重新加工、润色时又被统统删掉，写字时手在颤抖，脑袋里不来"电"，往往打不开思路的开关，有时为查找一个小的材料，翻上一整天的书、杂志、笔记，还不一定有结果。

由于工作的劳累，身体日益不济了。有一次，他去首都机场接待外宾，大家都站在停机坪旁等候，一阵寒风吹来，别人没什么感觉，他竟险些被风吹倒，简直到了弱不禁风的程度了。

他仍然咬紧牙关继续修改着论文，用重逾千钧的笔辛勤地耕耘着。

有一天，他的外孙女姚竺绍来看望他。见面后，外孙女大吃一惊，本来很消瘦的外祖父，如今更加消瘦了，神情倦怠，疲惫不堪，她深情走到姥爷跟前，心疼地劝阻说：

"姥爷，您累成这样，不能不改吗？"

竺可桢摇了摇头，语气低沉又坚定地说：

"不能！这怎么能！"

"那么，您用口述，我来给您记录，好吗？"姚竺绍望着外祖父征询着说。

竺可桢又摇摇头，用不容商量的口气说道：

"不行！我还要一边写一边修改呢！"

外孙女从外祖父手中接过递来的几页稿纸一看，见这几页稿纸已被勾抹得很乱，有些地方改得面目全非了。心想：怎么能为姥爷帮点忙呢？

姚竺绍凝神苦想，眉头拧得紧紧的，稍过片刻，说：

"这样吧，姥爷您把改好的部分给我，我替您抄

毕生求是　一丝不苟
——著名科学家竺可桢

一下总可以吧？"

竺可桢理解外孙女的心意，同意了这一做法。

于是，姚竺绍坐在桌前，一页一页的认真抄写起来，字写得工整、清晰，以便使姥爷再修改时能看得清楚容易些，由于原稿很乱，字又力求工整，原以为很快能抄写完，可天黑了仍有一叠稿子没抄完，只好带回家去抄。

几天以后，她把新抄好的一些稿子给外祖父送去。

这时，外祖父正聚精会神地看她以前抄过的稿子，她坐在外祖父的对面，想看看自己有没有抄错或抄漏的地方。

外祖父看着看着，皱起了眉头，把稿子放在桌子上，从笔筒中抽出一支红笔，在一个字的下边加了四点。

她凑近一看：呀！自己怎么把"黑陶文化"抄成了"里陶文化"？

接着，外祖父又在一处点了四点，显然还是黑字抄成里字的缘故。

过不久，外祖父又放下稿子，用红笔勾掉一个"下"字，改为一个"背"字，一看原来是把"背风"写成"下风"了，她深愧自己太粗心大意了。

等外祖父把这些稿子看完，原本工整、清晰的稿面，又被勾成一个个的红圈，一串串的红字，一个个校正的红色符号，对于这些细小的毛病，很难逃过这位老科学家明察秋毫的眼睛。

前前后后用了几天的时间，竺可桢在外孙女抄过的稿子上，做了303处的改动，可拿去打印后，又进行了多处的改动。最后不但印刷的校样亲自校改过，连大样出来，对不太满意的地方也认真地改正，并嘱咐来取稿子的编辑说：

"开印以前，我还要再看看。"

《中国近五千年来气候变迁的初步研究》这篇科学论文力作，终于问世了，在国内外引起很大的反响。

这篇论文中，有两个使人大开眼界的结论，一是：在近五千年中的最初两千年，大部分时间的年平均温度比现在的年平均温度高出2℃左右。当时一月份的温度（温度最低的月份），比现在一月份的温度高3—5℃。二是：在那以后，温度时高时低，其中最低温度出现在公元前1000年（殷末周初）、公元400年（六朝）、公元1200年（南宋）和公元1700年（明末清初）。汉唐两代则是比较温暖的时代，这种气候变迁是世界性的。

这样的结论，是竺可桢几十年靠物候的方法，潜心研究了古今中外气候变迁之后得出来的。他把古老

的气候标志和古老的气候材料与国外最新的科学方法相验证。他用一条温度变化曲线来表示，看了这条曲线，对中国历朝历代的气温高低便一目了然了。然后，他又把这条曲线同格陵兰岛气温升降图的曲线放在一起相比较，竟惊喜地发现：

两条曲线的波动几乎是一致的！

公元前4世纪，中国比较寒冷，恰恰那时格陵兰岛也是比较寒冷的；唐朝时中国比较炎热，格陵兰岛的那段时间也比较炎热；南宋和清初时中国有两次降温，格陵兰岛的那两段时间，同样也是降温。

1973年5月27日下午6时，周总理在人民大会堂西大厅会见美国科学家代表团，竺可桢出席作陪。在美国客人到来之前，周总理同他亲切地交谈起来，总理告诉他：

"你写的《中国近五千年来气候变迁的初步研究》的论文，我看到了。"

竺可桢不由心中一热，感到总理日理万机，还抽时间看了自己的文章，这是对自己深切的关怀。

接着，周总理又说：

"近来报纸上谈到小冰期的问题很多，你们对于气候变迁应当有一个通俗的解释才好。"

会见了美国客人后，周总理再一次同竺可桢交谈，总理对他说：

"现在到21世纪还有四分之一世纪的时间，郭老还有19年才100岁，你有17年才100岁。章士钊写书写到92岁。你还可以写出不少书来。"

总理的深切期望，使竺可桢非常感激，他笑着向总理表示：

"我也写到92岁吧！"

按照总理的指示，第二天，他就让人通知有关人员到他家里开个座谈会，研究气候变迁的问题。经过几天的准备，再一次召开座谈会，虽然身体不好，他仍然抱病主持了会议。等再召开一次大型座谈会时，他由于疾病严重，身体虚弱得只坚持两个小时，从下午两点一直睡到七点，醒来时竟以为是早晨七点了，

由此可见他身体的状况。

　　总理的指示，他时刻记在心里。虽然自己的论文已发表，并被不少报刊转载、摘登，在国内外引起广泛的、强烈的反响，有的来信，有的来访，有的赞扬，有的提出补充修改意见。杭州大学国文教授夏承焘特写一首词云：

　　"花巷何时迓钓船，六桥如画晓莺天，老人星下行地仙。待唤老逋同语笑，并呼野鹤向风烟，梅花消息五千年。"

　　竺可桢自己却认为，论文"仅仅是一个小学生写的试探，只是一个初步研究"。论文发表后，他给自己的一个学生写了一封信，信中讲："《中国近五千年来气候变迁的初步研究》一文中谈了历史上气候如何变迁，而没有涉及历史时代为什么变迁。"总理的指示，

浙江大学上海校友会捐赠仪式

恰恰包含着要气象界回答：为什么变迁？

此后，他当面嘱咐这个从事气象研究工作的学生，说自己在总理面前许下的诺言不能实现了，吃力地一字一顿地说：

"你把这方面的工作继续下去吧！"

竺可桢为中国科学、教育事业，贡献了毕生的精力，直到生命的最后一息。对于这一点，他在1972年4月给旧交西安农学院辛树帜教授的一封信中说道：

"我们应以达观为怀，有生必有死，这是科学的规律。我们生活在这一伟大的时代里，我们生逢其时，一生可以胜过古代千载，我们是多么幸福啊！"

这就是竺可桢的人生观！

这就是竺可桢在生命最后的几年，带着疾病，迎着逆境而努力拼搏的动力。

毕生求是　一丝不苟

——著名科学家竺可桢

中华魂·百部爱国故事丛书
提　要

《誓与禁烟相始终——民族英雄林则徐》

林则徐严禁鸦片，坚决抵抗西方列强的侵略，坚持维护国家主权和民族利益。他是中国近代历史上第一位睁眼看世界的人，是抗击帝国主义殖民侵略的第一人，是中华民族抵御外侮过程中伟大的民族英雄。

《血洒虎门御敌寇——抗英将军关天培》

民族英雄关天培，在第一次鸦片战争中为了抗击英国侵略者的入侵而血洒虎门，为国捐躯，谱写了一曲可歌可泣的英雄赞歌。关天培用他的生命，书写了中国人民反抗外侮的历史。

《威震镇海靖节魂——抗敌英雄裕谦》

在第一次鸦片战争期间的众多牺牲者中，有一位官阶最高，他就是两江总督裕谦。裕谦与外国侵略者斗争立场坚定，与国内妥协派、投降派斗争态度坚决。裕谦督战镇海，与英国侵略军浴血奋战，临危不惧，以身报国，浩气长存。

《斩邪留正解民悬——太平天国领袖洪秀全》

农民出身的洪秀全，从失意文人到起义领袖，经历了长期的思想演变过程，在外敌入侵、清朝政府腐朽的历史环境之下，顺应时代的潮流，成长为一位非凡的历史英雄人物，建立了与清朝政府相抗衡的农民政权——太平天国。

《仰承汉唐　荟萃中外——近代数学家李善兰》

李善兰是我国19世纪重要的科学家之一，在数学、天文学、力学等方面都有重大建树。他继承了我国古代数学的成就，又以极大的热情传播西方科学文化，"仰承汉唐，荟萃中外"，把自己的一生献给了科学事业。

《严谨治学　勇于探索——近代著名数学家华蘅芳》

华蘅芳，中国近代数学家之一。其精通中国古算学，并熟练掌握西方近代数学，是中国验证抛物线并著书立说的参与者。为了证明"外国有的，中国也能造"而鞠躬尽瘁，在引进西方科学技术、传播科学知识上贡献卓著。

《折冲樽俎护山河——近代著名外交家曾纪泽》

曾纪泽是中国近代史上著名的爱国外交家，在中俄伊犁交涉事件中，他秉承抵抗列强、保卫国家的坚定意志，利用外交手段全力同沙俄抗争，捍卫了国家主权、民族尊严，收回了祖国的领土，在近代中国外交史上留下了光辉的一页。

《甲午海战留英名——民族英雄邓世昌》

邓世昌，北洋水师名将。本书以邓世昌的成长过程为线索，以代表性的历史故事为主要内容，还原真实的历史事件，突出鲜明的人物性格。邓世昌因在中日甲午海战中突出的英雄气概而名垂史册，书写了伟大的爱国主义篇章。

《誓与舰队共存亡——北洋水师提督丁汝昌》

丁汝昌处在清朝政府的腐朽和李鸿章的专断下，难以施展爱国的抱负，壮志未酬，愤恨而终。但丁汝昌为建立近代海军作出的巨大贡献，带领北洋舰队爱国官兵勇抗强敌的英雄事迹，将永远为后代所传颂。

《镇南关上凯歌扬——抗法老英雄冯子材》

1885年中法战争中，年逾古稀的冯子材为抵御外国侵略，勇赴国

难，大败法军于镇南关，并乘胜追击，接连收复文渊、谅山等地，从根本上扭转了中法战争的局面，成为近代民族英雄的杰出代表。

《屡败法军逞英豪——黑旗军将领刘永福》

刘永福是黑旗军的创建者，是农民出身的杰出军事家、政治活动家。在19世纪发生的援越抗法、中法战争中，他率部与帝国主义侵略者进行了殊死的战斗，建立了卓越的功勋，成为我国近代史上著名的民族英雄，为后世所景仰。

《矢志变法强国家——戊戌变法领袖康有为》

康有为是清末民初最有影响力的思想家之一。他领导了中国知识界的启蒙运动，掀起了一场自上而下的政体改革。他最早在中国提出了立宪政体和具体的宪政方案，主张在坚持儒家传统和帝制的前提下，学习西方经验，他的进步思想对近代中国具有深远的影响。

《开民智以报国 普新知而图强——戊戌变法思想家梁启超》

梁启超，中国近代史上著名的政治活动家、启蒙思想家、史学家、文学家，戊戌变法领袖之一。本书以百日维新思想家梁启超的成长过程为线索，以代表性的历史故事为主要内容，还原真实的历史事件，突出鲜明的人物性格。

《我自横刀向天笑——维新志士谭嗣同》

谭嗣同在民族危机的严重时刻，投身改革救中国的洪流。为了带给祖国一个光明的未来，紧要关头，他挺身而出，用自己的鲜血激励后人，把宝贵的生命献给了变法事业。

《睡乡敢遣警世钟——用生命警策国人的陈天华》

陈天华是民主革命的活动家和宣传家。他写的《猛回头》《警世钟》等书，起到了革命启蒙的重大作用。为了激发留日学生的爱国情怀，他不惜投海自杀，演出了近代史上感人至深的一幕，给后人留下了难忘的印象。

《革命军中马前卒——民主斗士邹容》

革命乃"至尊极高，独一无二，伟大绝伦之一目的"；它是"天演之公例，世界之公理，顺乎天而应乎人"的伟大行动。因此，必须"仗义群兴革命军"。他激情高呼："革命独子万岁！中华共和国万岁！"这就是《革命军》的作者，中国近代著名资产阶级革命宣传家邹容。

《休言女子非英物——鉴湖女侠秋瑾》

为民族解放和妇女解放而英勇斗争的秋瑾，冲破封建礼教的思想牢笼，打碎封建精神枷锁，崇仰真理，追求光明，主张共和，坚持男女平等，最终献出了自己年轻的生命。

《血溅校场　杀身成仁——民主斗士徐锡麟》

本书讲述了反清志士徐锡麟弃文从武、投身反清革命事业，最终被清政府杀害的故事。出于对国家的热爱，徐锡麟献出自己的生命，他的事迹将永远激励后人深切缅怀这位民主革命的先驱。

《生可死耳　我志长存——献身民主的禹之谟》

禹之谟，民主革命党人，同盟会会员，近代资产阶级革命家、实业家。1886年，20岁的禹之谟"提三尺剑，挟一卷书"游历四方，研究西方社会政治学说，忧国忧民之心日趋强烈。戊戌变法失败，他丢掉改良幻想，倡革命救亡之说，走上民主革命道路。

《物竞天择　适者生存——资产阶级启蒙思想家严复》

严复是中国近代著名的启蒙思想家、翻译家和教育家。他长期从事教育和翻译事业，为近代中国人才培养和思想启蒙做出了重要贡献，同时他也为中国的翻译事业和中西思想文化交流做出了重要贡献。

《辛亥革命急先锋——资产阶级革命家黄兴》

黄兴，清末民初资产阶级革命家，中华民国开国元勋。黄兴在武昌首义及辛亥革命时期的爱国表现，与孙中山闻名于当时，常被时人以"孙黄"并称。本书以资产阶级革命活动实干家黄兴的成长过程为线索，歌颂了先辈伟大的爱国主义精神。

《矢志革命　百折不回——近代民主革命家廖仲恺》

廖仲恺追随孙中山踏上了创立民国与捍卫共和制的旧民主主义革命

之路；在新民主义革命时期，他为建立、巩固首次国共合作和实施三大政策，英勇奋斗，为国殉职，洒尽了一腔热血。

《将军拔剑南天起——护国英雄蔡锷》

蔡锷是中国近代史上的杰出军事家、爱国者。他的一生短暂而伟大。辛亥革命爆发，他毅然投身于革命洪流之中，领导云南重九起义，对武昌起义积极响应。袁世凯窃国复辟、恢复帝制的阴谋暴露出来以后，他又毅然举起了武装讨袁的旗帜。

《反帝反封建运动——五四青年的爱国故事》

五四运动是一次伟大的反帝反封建的爱国运动；是一个伟大的历史转折点；是中国人民的斗争从挫折走向胜利的一个关节点，它为中国的前进开辟了一条全新的道路，拉开了中国新民主主义革命的序幕。

《思想自由　兼容并包——著名教育家蔡元培》

蔡元培是中国近现代著名的民主革命家和教育家，一生经历风雨，却始终信守爱国和民主的政治理念，致力于废除封建主义的教育制度，奠定了我国新式教育制度的基础，为我国教育、文化、科学事业的发展做出了富有开创性的贡献。

《为国家争光　为民族争气——中国铁路之父詹天佑》

詹天佑是我国最早的杰出铁道工程师，因主持建造京张铁路而闻名中外，被誉为"中国铁路之父"。他为祖国的铁路事业贡献了毕生的精力。本书向读者展示了詹天佑热爱祖国、科技兴国的辉煌人生。

《实业救国　衣被天下——轻工之父张謇》

张謇是爱国实业家、教育家。他年轻时中过状元。过了40岁，开始投身工商实业活动中，他的名言是"富民强国之本在于工"。在南通，创办大生丝厂、银行等各种实业。并将创办实业的大部分所得投入教育。他的观点是，教育和实业一样，也是"富强之大本"。

《心向革命　追求光明——平民将军冯玉祥》

冯玉祥将军"是一位从旧军人转变而成的坚定的民主主义战士"。

抗日战争期间，他辗转各地，用实际行动积极抗战。日本战败投降后，他为了断绝美国的援蒋内战，又在美国四处演说，揭露蒋介石统治之黑暗，痛斥美国阴谋分裂中国的不良行为。

《刑场上的婚礼——革命烈士周文雍　陈铁军》

周文雍是广州起义的主要领导人之一。陈铁军出身于华侨商人家庭，却毅然投身革命洪流。1928年1月，两人接受派遣，回到广州假扮夫妻从事革命斗争，却不幸被捕。临刑前，两位烈士将敌人的枪声当作自己婚礼的礼炮，用生命和爱情谱写出一曲千古绝唱。

《星星之火　可以燎原——井冈山斗争的故事》

1927—1929年，毛泽东、朱德等老一辈革命家，在井冈山创建了农村革命根据地，进行了艰苦卓绝的斗争，建立了新型革命武装，点燃了工农武装革命之火，找到了农村包围城市最后夺取政权的中国革命的正确道路。

《新民学会的主要发起人——中国共产党早期革命家蔡和森》

蔡和森青年时期曾与毛泽东等人一起组织进步团体新民学会，参加五四运动，并在赴法国勤工俭学时研读大量马克思主义著作，回国后以满腔热忱投身革命事业，成为中国共产党早期重要的理论家和宣传家。

《威震黄浦江畔　高奏抗日壮歌——一·二八淞沪抗战》

面对日本侵略者的挑衅，十九路军在蒋光鼐、蔡廷锴的带领下，高举义旗，奋力一搏。一·二八淞沪抗战，是中国军人捍卫军人荣誉和祖国尊严所发出的吼声，谱写了一曲抗击日军侵略的英雄壮歌。

《将军恨不抗日死——慷慨就义的吉鸿昌》

在国难深重的20世纪30年代，吉鸿昌将军因拒绝执行国民党指示，坚决不打内战，被迫携眷出国"考察"。回国后，他加入中国共产党，组织了民众抗日同盟军，英勇打击日本侵略者，后于1934年11月被国民党反动派杀害。

毕生求是　一丝不苟
——著名科学家竺可桢

《献身革命　甘于清贫——梅岭忠魂方志敏》

大革命失败后，方志敏凭着"两条半步枪"起家，身经百战，创建了
赣东北革命根据地和红十军。本书真实记录了方志敏投身于革命、领导红
军和敌人进行艰苦卓绝斗争的经历，歌颂了烈士贫贱不移、威武不屈、献
身革命的高尚品质。

《奏响中华最强音——人民音乐家聂耳》

聂耳在他有限的生命中创作了数十首革命歌曲，在抗日救亡运动
中，聂耳的这些歌曲产生了广泛深远的影响。他的音乐创作为中国无产
阶级革命音乐的发展指明了方向，树立了榜样。

《横眉冷对千夫指——中国文化革命主将鲁迅》

鲁迅不但是伟大的文学家，而且是伟大的思想家和伟大的革命家。
在那风雨如晦的黑暗年代里，他以笔为投枪，同一切帝国主义和反动派
进行了顽强的战斗，为中国人民树立了一个不朽的丰碑。他是新文化战
线上的一面光辉旗帜，是我们伟大民族的灵魂。

《铁流两万五千里——红军长征的故事》

红军长征是人类历史上的一次伟大的壮举。第五次反"围剿"失败
后，中国工农红军的三大主力在极端艰难的条件下，突破国民党军队的
围追堵截，进行了史无前例的战略大转移，总行程达两万五千里以上。
途中发生了许多动人故事，至今令人难以忘怀。

《荣辱不移革命志——创建陕北红军的刘志丹》

刘志丹是杰出的无产阶级革命家、军事家，西北红军和西北革命根
据地的主要创始人之一。他一生热爱人民，追求真理，英勇善战，百折
不挠，艰苦奋斗，忠心赤胆，为创建红军和革命根据地、为中国人民的
解放事业建立了不可磨灭的功勋。

《英名永存北平城——爱国将领佟麟阁　赵登禹》

1937年7月28日，日军向北平郊区发动进攻。第二十九军副军长佟
麟阁奉命在南苑率部与日军苦战，腿部受伤，头部被敌机炸伤，壮烈殉

国。第一三二师师长赵登禹指挥部队顽强抵抗日军，右臂中弹负伤，仍继续作战。后在转移途中遭日军截击而牺牲。

《八百壮士　四行仓库铸军魂——谢晋元和他的战友们》

八一三抗战，中国军人以血肉之躯揭开全面抗战的帷幕。这是一场血战，是中国军人不屈不挠的英雄诗篇，其中的八百壮士守四行，成为这首英雄颂歌中最动人、最凄美的音符。一曲四行保卫战，铸就了不屈的军魂。

《八女投江　气贯长虹——八位抗联女战士》

抗日战争时期，以冷云为首的东北抗日联军8名女战士，为捍卫民族尊严，面对凶残的日寇，镇定自若，宁死不屈，投江殉国，表现了中华民族同敌人血战到底的英雄气概。她们的光辉形象，激励着千千万万的后来人。

《艰苦抗战　威震敌胆——著名抗日英雄杨靖宇》

杨靖宇将军是我国著名的抗日民族英雄。曾先后担任磐石游击队政治委员、东北抗日联军第一军军长兼政委、抗日联军总司令等职。领导军民对日寇坚持了长达9个年头的艰苦卓绝的斗争，最终以身殉国。

《死也不当亡国奴——镜泊抗日英雄陈翰章》

陈翰章，从1932年8月投笔从戎，直到1940年12月8日为抗击日本侵略者，战死在镜泊湖畔。他在抗日疆场上奋战了九年，他那可歌可泣的英雄事迹将为人们永世传颂。

《名将殉国　气壮山河——抗日将军张自忠》

著名抗日将领、民族英雄张自忠，生于忧患的时代，抱有"宁为百夫长，胜作一书生"的志向，经历过失败与低谷，最终成就了慷慨人生。本书主要以人物活动为主，勾画出一个真正的"民族魂"鲜活的人生，会带给读者振奋的力量。

《宁死不辱战士名——狼牙山五壮士》

1941年日寇在河北易县"扫荡"。为掩护群众和主力部队撤退，五

位八路军战士毅然把敌人引上了狼牙山棋盘坨峰顶绝路。弹尽粮绝、无路可退，五位英雄纵身跳下了万丈悬崖，用生命和鲜血谱写出一曲惊天地泣鬼神的壮举。

《太行浩气传千古——抗日名将左权》

左权，中国工农红军和八路军高级指挥员，著名军事家。是八路军在抗日战场上牺牲的最高指挥员。名将阵亡，太行山为之垂首，全党为之悲痛。周恩来称他"足以为党之模范"，朱德赞誉他是"中国军事界不可多得的人才"。

《虎将兴关外　抗倭统雄师——抗联英雄赵尚志》

本书描写了久经考验的共产党员、东北抗联的创建者和主要领导人赵尚志，在艰苦卓绝的条件下，坚持抗战，威震敌胆，战功卓著，忍辱负重，忠贞不屈，为国捐躯的英雄故事，为青少年读者呈上一部爱国主义的佳作。

《黄埔之英　民族之雄——抗日名将戴安澜》

抗日名将戴安澜，先后参加保定、漕河、台儿庄、武汉、昆仑关等战役，作战英勇，屡建奇功；入缅作战，"扬威国外，藉伸正义"；守东瓜，复棠吉；殒身缅北，遗恨丛林，马革裹尸，成就了光辉的一生。

《爱国志士　民主先锋——新闻出版家邹韬奋》

本书讲述了邹韬奋献身新闻出版事业的奋斗历程，展现了一位新闻工作者坚定的革命信念和炽热的爱国主义精神，全心全意为人民服务、为读者服务的奉献精神，歌颂了他的高尚情操和优良品质。

《为抗战发出怒吼——人民音乐家冼星海》

人民音乐家冼星海，青年时期在巴黎求学，饱尝屈辱与磨难；学成后毅然回到多灾多难的祖国，用满腔热忱谱写激昂的音乐，鼓舞中华儿女的斗志；奔赴延安，谱写出不朽的名作《黄河大合唱》，发出中华民族抗日救亡的怒吼。

《全民皆兵　抗击日寇——抗日战争的故事》

　　中国人民进行的十四年抗战，是一百多年来中国人民反对外敌入侵第　次取得完全胜利的民族解放战争。这场战争是以国共两党合作为基础，有社会各界、各族人民、各民主党派、抗日团体、社会各阶层爱国人士和海外侨胞广泛参加的全民族抗战。

《捧着一颗心来　不带半根草去——人民教育家陶行知》

　　陶行知是我国现代教育史上伟大的人民教育家、教育思想家。他从青年起就立志献身教育事业，以"捧着一颗心来，不带半根草去"的赤子之心，为人民的教育事业鞠躬尽瘁。

《为民主与和平拍案而起——民主斗士闻一多》

　　闻一多早年与梁实秋等人发起成立清华文学社。赴美留学期间由对祖国的深深眷恋而创作著名的《七子之歌》。后在西南联大任教8年，积极投身于抗日运动和争取民主的斗争，发表了著名的《最后一次讲演》。

《铁窗难锁钢铁心——革命先烈王若飞》

　　王若飞是我党早期杰出的无产阶级革命家。在艰苦卓绝的斗争中，他出生入死，屡建奇功，以超人的睿智和胆略，在敌人的监狱中，同敌人展开了殊死的较量，为抗战的胜利和新中国的诞生做出了卓越的贡献。

《横扫千军　还我河山——抗联名将李兆麟》

　　李兆麟是东北抗日联军创建人之一，他率领抗日联军历尽千难万险与日本侵略者浴血奋战，在极其艰苦的条件下，保存了抗日联军的有生力量，为东北光复做出了重大贡献。

《锄头开出新天地——解放区大生产运动》

　　为了解决困难，渡过难关，党中央号召党政军民齐动手，开展大生产运动。中国共产党在其控制区域内发动的一场军队屯田和鼓励生产的群众运动，达到了自己动手丰衣足食，共度难关，既进行革命又进行生产自足的目的。

——著名科学家竺可桢

毕生求是　一丝不苟

《生的伟大 死的光荣——女英雄刘胡兰》

刘胡兰，坚贞不屈的少年女英雄。生前对我国劳动人民的解放事业无限忠诚，在敌人威胁面前，大义凛然，毫无惧色，英勇牺牲，表现了共产党员的高贵品质。

《饿死不领美国救济粮——爱国知识分子的楷模朱自清》

朱自清作为爱国知识分子的典型，以锐利的笔锋直言痛斥反动政府的暴行，体现了他崇高的爱国情怀和不畏恶势力的精神品格。毛泽东曾给朱自清先生以高度评价："一身重病，宁可饿死，不领美国的'救济粮'"，"表现了我们民族的英雄气概"。

《为了新中国前进——舍身炸碉堡的董存瑞》

伟大的英雄，中国人民的儿子董存瑞，从儿童团长成长为一名光荣的解放军战士，在1948年解放隆化县城时，舍身炸碉堡，为新中国献出了自己年轻的生命。他的英雄形象永远留在人民心里。

《宁死不屈的共产党员——革命烈士江竹筠》

江竹筠，就是著名的江姐。1947年春，她负责《挺进报》工作，只几个月的时间，报纸就发行到1600多份，引起了敌人的极大恐慌。由于叛徒出卖，江姐不幸被捕，惨遭毒刑的残酷折磨，仍坚贞不屈。最后被特务秘密枪杀，年仅29岁。

《抗美援朝 保家卫国——志愿军的战斗故事》

抗美援朝战争是中国人民志愿军为援助朝鲜人民、保卫祖国安全，与美国为首的"联合国军"发生的战争。在朝鲜牺牲的志愿军烈士们，他们英勇的战斗事迹、保家卫国的精神值得我们发扬光大。

《上甘岭上壮烈歌——黄继光和他的战友们》

在1952年10月的上甘岭战役中，黄继光和他的战友们在零号阵地半山腰被敌机枪火力点压制，此时，黄继光身上已经多处负伤，手雷也已全部用光。为了完成任务，减少战友的伤亡，他用自己的胸膛堵住正在扫射的敌机枪射孔，为反击部队扫清了前进的道路。

《诗书印画 全入神品——国画大师齐白石》

齐白石出身贫寒，做过农活，当过木匠，后改学雕花木工，从民间画工入手，摹古人真迹，学诗文书法，融汇古今，而诗、书、印、画俱佳；他将中国画的精神与时代的精神统一得完美无瑕，使中国画得到国际的重视，无愧于"国画大师"的称号。

《毕生为文化而奋斗——中国第一出版家张元济》

张元济参与、主持和督导商务印书馆近六十年，使其从简单的印刷企业转变为当时中国教育出版的旗帜。张元济一生爱书，在中华大地动荡不安的年代里，他用自己对文化的热爱，续存着中华民族灿烂悠久的文明之光。

《独树一帜 梨园大师——著名京剧表演艺术家梅兰芳》

梅兰芳，京剧大师，演唱风格独树一帜，世称"梅派"。曾先后赴日本、美国、苏联演出，并荣获美国波摩那学院和南加州大学的荣誉文学博士学位。作为一位爱国者，抗战期间蓄须明志，拒绝为日本人演出，为后世称颂。

《华侨旗帜 民族光辉——爱国侨领陈嘉庚》

陈嘉庚是著名的爱国华侨领袖、企业家、教育家、慈善家、社会活动家。他为辛亥革命、民族教育、抗日战争、解放战争、新中国的建设做出了卓越的贡献。生前被毛泽东誉为"华侨旗帜、民族光辉"。

《向雷锋同志学习——伟大的共产主义战士雷锋》

雷锋，一个平凡而伟大的共产主义战士，一心向着党，一生秉承着全心全意为人民服务、无私奉献的崇高思想；发扬刻苦学习和钻研理论的"钉子"精神；坚持勤俭节约、艰苦奋斗的优良作风。毛泽东为其题词："向雷锋同志学习。"

《人民的好公仆——县委书记的好榜样焦裕禄》

焦裕禄，被誉为县委书记的好榜样。他用自己的革命精神，展开了与大自然、与社会落后现象、与病魔的多重抗争，让我们领略到一

毕生求是 一丝不苟

个共产党人的生之伟大、死之壮美的人格品质和具有现实教育意义的精神魅力。

《文学巨匠　京味大师——人民作家老舍》

老舍是我国现代小说家、文学家、戏剧家。他用融入骨髓的真诚文字反映生活的喜怒哀乐。老舍的一生，总是在忘我地工作，他是文艺界当之无愧的"劳动模范"，生前被北京市人民政府授予"人民艺术家"的称号。

《革命老人——无产阶级教育家徐特立》

徐特立是一代伟人毛泽东的老师。他出生在贫苦家庭，大部分时间生活在动荡艰苦的年代；他刻苦勤奋，不畏艰辛，追求光明，一生勤俭，为革命培养了大量的人才；他对党和人民任劳任怨，鞠躬尽瘁。他坎坷奋斗的一生，留下了许多可歌可泣的故事。

《人生能有几回搏——新中国第一个世界冠军容国团》

容国团先后担任中国乒乓球队运动员、女队主教练。获得1959年男子单打世界冠军；1961年夺得男子团体世界冠军；作为中国女队主教练，1965年率女队第一次夺得女子团体世界冠军。他的"人生能有几回搏"的豪言，举国传诵。

《石油工人一声吼　地球也要抖三抖——铁人王进喜》

王进喜，新中国第一批石油钻探工人。他为祖国石油工业的发展和社会主义建设立下了不朽的功勋，在创造了巨大物质财富的同时，还给我们留下了宝贵的精神财富——铁人精神。他被评为"百年中国十大人物"，写入中华民族的光辉史册。

《做人民需要我做的事——著名地质学家李四光》

李四光是一位伟大的科学家，他一生从事地质学研究工作，足迹遍布祖国的山川，为祖国探明了许多地下宝藏；他创建了崭新的学说——地质力学；他历尽重重困难，为正确认识地质构造开辟了一条新路。

《中国化学工业的先驱——著名化学家侯德榜》

　　为摆脱纯碱需要进口的窘况，20世纪初，怀着"实业救国"梦想的中国化工先驱侯德榜等人创办了永利碱厂，并立志生产出中国人自己的碱。1926年，永利碱厂终于成功地生产出"红三角"牌纯碱，从此中国制碱业得以跨入世界先进行列。

《毕生求是　一丝不苟——著名科学家竺可桢》

　　著名科学家竺可桢献身科学研究；治学严谨，一丝不苟；一生廉洁，两袖清风；作风民主，爱护学生。他以爱国之心、报国之志，从一个民主主义者逐渐成长为一个共产主义战士。

《热爱自然的大地之子——著名植物学家蔡希陶》

　　蔡希陶，五十载风雨，五十载坎坷，五十载奋斗，五十载开拓，为了发现对人类生产、生活有用的植物及新物种的引进而做出巨大贡献，在中国的植物资源学史上将永远镌刻着他的名字。

《高洁无私的襟怀——知识分子的楷模蒋筑英》

　　蒋筑英是中国当代知识分子的先锋典范，他不为名，不为利，尊重科学；他以坚忍的毅力和顽强的作风，在科学的道路上呕心沥血，鞠躬尽瘁，无私地奉献了青春和生命。

《迎接新生命的天使——卓越的妇产科专家林巧稚》

　　林巧稚是国内外享有盛誉的妇产科专家。在五十多年的医学教育和临床实践中，林巧稚亲自接生了五万多婴儿，治愈了数千病人，培养了数以百计的专门人才，为我国的妇女儿童事业做出了不可磨灭的贡献。

《独自成千古　悠然寄一丘——国画大师张大千》

　　张大千是20世纪中国画坛最具传奇色彩的国画大师，无论是绘画、书法、篆刻、诗词无所不通。在艺术界深得敬仰和追捧，艺术家们用真挚的感情，用绘画和雕塑展现了"张大千"多彩的艺术形象。

《建造中国的通天塔——著名数学家华罗庚》

中国当代著名数学家华罗庚，为中国数学的发展做出了无与伦比的贡献，他是中国解析数论、典型群、矩阵几何等多方面研究的创始人与开拓者，也是我国最早将数学理论研究与生产实践紧密结合的科学家。

《问鼎长天　强我国威——两弹元勋邓稼先》

邓稼先是我国著名科学家，参加组织和领导我国核武器的研究、设计工作，从对原子弹、氢弹原理的突破和试验成功及其武器化，到新的核武器的重大原理突破和研制试验，作出了重大贡献。是我国核武器理论研究工作的奠基者之一，被誉为"两弹元勋"。

《敢叫天堑变通途——桥梁专家茅以升》

中国著名的桥梁专家茅以升从小立志为祖国建造桥梁，经过不懈努力，他不仅设计建造了一座座宏伟壮观、坚固实用的道路桥梁，而且搭建了一座座友谊之桥，为祖国建设作出了卓越贡献。

《蘑菇云之梦——核物理学家钱三强》

被誉为"中国原子弹之父"的核物理学家钱三强，更名后立志于科技报国；24岁投师于世界著名核物理学家居里夫妇；与夫人何泽慧合作，发现铀的"三分裂""四分裂"现象；统领我国的原子大军，做了大量创造性工作。

《两离桑梓地　满怀雪域情——领导干部的楷模孔繁森》

孔繁森，是一位一尘不染、两袖清风的好干部。两次进藏工作，历时十载，为西藏的建设、发展和稳定作出了突出的贡献。1994年11月，孔繁森不幸以身殉职。人民群众称他为新时期领导干部的楷模。

《摘取数学皇冠上的明珠——著名数学家陈景润》

陈景润是享誉世界的数学家，为了证明"哥德巴赫猜想"，他以惊人的毅力在数学领域里艰苦跋涉，终于攻克了世界著名数学难题"哥德巴赫猜想"中的"1＋2"，创造了中国乃至世界数学史上的辉煌。

《学术独步　饮誉四海——享有国际威望的科学家卢嘉锡》

卢嘉锡是一位在国际科学界享有崇高威望的物理化学家、化学教育家和科技组织领导者。1945年，卢嘉锡满怀"科学救国"的热忱回到祖国，对中国原子簇化学的发展起了重要推动作用，他所指导的新技术晶体材料科学研究，也取得了重大成绩。

《德艺双馨　梨园楷模——著名豫剧表演艺术家常香玉》

常香玉1941年赴陕甘演出。1948年在西安创办香玉剧社。1951年为支援抗美援朝，率剧社巡回西北、中南、华南各地演出，以演出收入捐献"香玉剧社号"战斗机一架，素有"爱国艺人"之誉。

《文学大师　激流勇进——著名作家巴金》

本书以巴金生平和主要事迹为线索，回顾和展示现代著名作家巴金的一生，以期让人们看到巴金在这风云变幻的100多年中，有过成功的欢欣，有过屈辱的磨难，有过痛苦的忏悔，有过平静的安宁。巴金的人生，映照着一代中国五四知识分子坎坷而不平凡的命运。

《壮心系科学　孜孜为国昌——理论化学家唐敖庆》

本书讲述了唐敖庆从出国求学、学业有成、回国任教，到服从安排、艰苦工作、刻苦钻研，最终成为中国量子化学奠基者的过程。让人们看到了这位著名化学家的赤心爱国、严谨治学、大公无私的崇高品格和科研上的卓越成就。

《中国导弹之父——著名科学家钱学森》

当第一颗原子弹升空的时候，当中国的人造卫星奏响《东方红》的时候，当中国运载火箭腾空而起的时候，当中国研制的导弹准确命中目标的时候，人们都会想起他的名字：中国导弹之父钱学森。

《中国近代力学的奠基人——著名科学家钱伟长》

钱伟长曾以中文和历史两个100分的成绩考入清华大学。九一八事变后，钱伟长毅然放弃了文科的学习而转为理科。他是中国近代力学、应用数学的奠基人之一，在固体力学、流体力学以及航空航天领域，取

得了卓越的成就，为新中国的现代化建设付出了毕生的精力。

《中国光学科学的奠基人——著名科学家王大珩》

王大珩是我国著名的科学家，中国光学科学的奠基人。他先在清华就读，后赴英国求学，学业有成，立志科学救国，其成就享誉神州。他以科学的求是精神和赤诚的爱国情怀，探索着中国光学发展的闪光之路。